文春文庫

戦国風流武士　前田慶次郎

海音寺潮五郎

文藝春秋

目次

山王の神　七
駿馬松風　二七
恋談義　四七
六条柳ノ馬場　六七
名古屋山三　九〇
朱金のよそおい　一一〇
石川五右衛門　一三一
内外蹉跌　一五〇
からくりの世　一六五
激湍　一八三
土大根　二〇二
ひょっと斎出陣　二二一
河原歌舞伎　二三八
白雲悠々　二五七
解説　磯貝勝太郎　二七六

戦国風流武士　前田慶次郎

山王の神

一

豊臣秀吉は大がかりな城攻めをする人であった。織田信長の一部将であった頃の鳥取城攻めも、高松城攻めも、共にその大がかりな点において日本戦史上の偉観であるが、関白になってからの小田原城攻めにいたっては、その規模の雄大豪壮なこと、言語に絶する。

彼はこの戦争において三十万におよぶ大軍勢を動員し、直接城攻めに使った軍勢だけでも十五万近くに達する。彼は城の守りが固く、短時日では落せないと見ると、おそろしく壮大な長囲《ちょうい》の計を立てた。用心を堅固にして城中からの出撃を封ずる一方、海陸からの運輸の便をよくして兵糧その他の物資の輸送を豊富にし、攻囲線の背後に碁盤の目を割ったように井然《せいぜん》たる市街をひらいて兵士等の宿舎にあて、諸大名には書院から数寄《すき》屋《や》（茶室）、庭園までそなえた屋敷をかまえさせ、自らも淀君を呼び下し、大名等にも各々国許から妻妾を呼び下させ、屋敷の周囲には新鮮な野菜類を得るための菜園をおかせた。

また、商人共を集めて商店をひらかせた。この商店では武器や武具はもちろん、酒も、肴《さかな》も、織物も、外国輸入の品物まで売らせた。さらにまた兵士等の無聊《ぶりよう》をなぐさめるために遊女屋をおき、海べの風景のよい所には茶店やはたご屋までひらかせたのだ。

これらのいとなみは、長い滞陣に兵士等が飽いてその士気がおとろえるのを防ぐためであったことはもちろんだが、同時に敵の胆をうばって戦意を失わせるためでもあった。

攻囲のはじまったのは、天正十八年の四月はじめであったが、その六月下旬のある日のこと。別動隊として武蔵北部で戦闘していた前田利家は、一応その方面の討伐がすんだので、軍状報告のため、従騎十数人とともに、小田原に向かったが、小田原近くになるにつれて周囲に展開する情景におどろきあきれ、舌をまいた。

「さても、さても、人間わざではないわ。大そうもないことをなさる殿下じゃ」

と、いく度も言った。

利家と秀吉とは若い時からの仲好しだ。共に織田家の家臣として、何十年も親しくつき合って来て、その人物のほどは互いによく知り合っているはずなのに、その利家がこと新しいことのように、こんなにまで感嘆するのだ。従騎等が輪をかけて感嘆したのも道理だ。冑《かぶと》の眉庇《まびさし》の下の目はたえず見はられ、ひっきりなしに驚嘆の声をもらし、秀吉にたいする畏敬《いけい》の念が一刻ごとに高まって行くのであった。

ところが、唯一人、最後尾に馬を打たせている男だけは様子がちがっていた。どんな情景が展開しても、もの静かな微笑をちらりと浮かべるだけであった。しかも、その微笑には皮肉げな影さえあった。

やがて、一行は、秀吉の本営のある笠懸山《かさかけやま》（いま石垣山という）の麓を流れている早《はや》川《かわ》の岸についた。

岸べに番所があって、引きとめられ、利家とほんの二、三人だけが通されて、他の従騎等は待たされることになった。

待っている退屈さに、従騎等は番所を出て、早川の川原に出た。ごろた石のごろごろとある川原だ。そのごろた石に腰をおろして、笠懸山を仰いだ。

眉にせまってそびえている笠懸山の上には、宏壮な城が出来ていた。そそり立つ石垣、白堊の壁、微妙なそりをもった多数の屋根、真夏の翠嵐《すいらん》の中に、なんともいえずあざやかな建築美を構成している。

彼等はこの城に関する話を聞いて来ているが、それはこうだ。

秀吉はここに到着するとすぐ、この山が小田原城を眼下に見下ろせる上に、包囲陣全体を見渡せる位置にあるのを見て、ここに城を築くことにしたが、その築城法はいかにも秀吉らしい機略に富んだものであった。

その頃まで、この山の頂きは巨大な杉の林で蔽われていた。彼は小田原城に向かった側の杉だけのこしてあとを伐りはらい、昼夜兼行で工事をすすめた。

「見かけだけの城でよろしい。ここに敵を引き受けて戦うことはないのじゃ。丈夫にすることはいらんぞ。速いを功とするぞ」

と、奉行等に言いわたした。

奉行等も、そのつもりで工事をいそいだ。石垣だけはまあ完全に積んだが、あとは現代で言えば映画のセット式にこしらえ立てた。柱は削らず、板壁は荒板のまたたきつけ、白壁にすべき所は近郷近在の民家から徴発《ちょうはつ》して来た雨戸や板壁をならべて杉原紙《すいばら》を張ってすませた。数日で完成した。近くから見れば目もあてられない粗末なものだが、遠くから望めば巍然《ぎぜん》たる大城砦《じょうさい》だ。

「よし、見事に出来たぞ！」

秀吉は大満悦で、その夜、前面の杉を伐りはらわせた。

舞台の幕があいたようなものだ。夜が明けて、小田原城内では仰天した。夢かとばかりにおどろきあきれ、

「ひとえに天狗の業《わざ》ぞや」

と、おじおそれたというのである。

「あの白壁、あれがそれじゃな」

「ほんにのう、ここから見ると、とうてい紙ばりとは見えぬのう」

「お智恵のほど宏大なものじゃ」

利家の従騎等は、今さらのように感嘆した。

先刻のあの青年だけが、知らんふりで、少し離れた位置にある岩に陣取って、鎧《よろい》の引

合わせからとり出した書物を読みふけって余念もない風であったが、人々が感嘆しあきた頃、書物をしまってやって来た。

「おりゃちょいと用事を思い出した。わきに行って来る」

と言った。

「どこへ行かっしゃります。勝手なことをしてもろうてはこまりますぞな。やがて殿がおかえりになったら、お叱りを受けますぞな」

と一人が目をむいた。

「すぐかえる。なにちょっとだ。そうひまはとらん」

「また、わがままを出さっしゃる」

「ちょっとだ、ちょっとだ」

青年はかまわず、馬をつないである所に行き、口綱を解くと、ヒラリとまたがって、速歩でカッパカッパと立ち去った。

「こまるのう」

武士達は見送って、溜息をついた。

二

この青年は、利家の兄利久《としひさ》の子で、慶次郎利太《とします》といった。絶倫《ぜつりん》の武勇があって、この若さでいく度か武功を重ねているばかりでなく、文学のたしなみが深く、書道、茶の湯、香道等の技芸にも通じ、普通なら文武兼備の模範的武士といわるべきであったが、途方もない気ままもので、世を屁とも思わないようなことばかりするので、前田家ではもてあましているのであった。

彼は叔父の利家をはじめ従騎等が秀吉のやることに感心ばかりしているのが気に食わないのであった。彼だって秀吉のえらさは十分に知っており、一方ならず感心もしているが、ああ何から何まで感心されると、鼻の頭がムズムズして、ついフンと言いたくなる。もし、彼に遠慮のない所を言わせるなら、この大がかりな攻囲陣は大いに結構だとしても、笠懸山の一夜城は感心出来ないといいたいのである。

「これで一応は敵のド胆をぬくことが出来ようが、このカラクリを知った天下の人々はどんな気がするであろうか。現在のところはまあよい。みんな関白殿下にまいり切っている時だから、えらい智略じゃと舌を巻くだけであろうが、やがていくらか正気にかえったら、感心ばかりはしていなかろう。〝関白様のなさることは、いつもこんなコケおどかしの詐術《さじゅつ》ではなかろうか〟と思うようにならないともかぎらない。そうなったら、ゆゆしい将来の禍いのもとではないか」

と、思うのであった。

慶次郎のこの心理は、催眠術にかかっている者を見ている醒めたる人の心理であり、酒に酔っている人を見ているしらふの人の心理であり、束縛されている精神を見ている自由なる魂の心理であった。

「おもしろうないわい。関白殿下じゃとて、神様ではない。なさることが何から何まで結構ということがあるものか。窮屈な見方しか出来ぬ阿呆共め！」

と、思うのだ。

こんな時には一ぱいやらずにおられない。それで、ここへ来る途中見ておいた茶店に行って、一献やって来ようという気になったのであった。

茶店は、海べの松林の中にあった。同じような構えの葭簾《よしず》ばりで、軒をならべている。どの店にも半具足、または鎧下着に陣羽織だけ引っかけた兵士等が入って、酒をのんだり、茶をすすりながら餅を食べたりしている。遊女にちがいないヤケに白粉を塗りこくった派手な着物の女を連れて来て、キャアキャア言わせながら飲んでいる者もいる。

一番混んでいない店を見立てて、馬を下りた。

「ゆるせ」

「へーい！」

こんなところには身分の高い連中は来ないのであろう。身にまとっている鎧といい、陣羽織といい、見るからに高貴な様子の慶次郎におどろいて、店のおやじが飛んで出て来た。

「馬を頼む」

と、手綱を渡して、店に入って、床几《しょうぎ》に腰を下ろした。冑をぬいでわきにおき、

「酒」

と、命じた。

「へーい」

婢《おんな》共があわてて酒をもって来た。

たてつづけに七、八杯のむと、ホロリといい気持になった。あとはゆっくりと飲む。前面は海だ。夕陽が斜めにさして、微風がわたっている。沖に何十艘となく舟がいる。みんな帆を上げているが、薄桃色に光っているその帆は微動だにしないようであった。これらの船は味方の輸送船や、商人等の船で、あるものはここへ来るところであり、あるものは出て行くところであった。

「盛んなものだな」

右に視線を動かすと、伊豆半島の山々が見えた。京や加賀あたりの景色を見なれた目には、いかにも坂東らしい荒い景色ではあるが、なかなかの眺めだ。

酒は益々うまくなる。まことにいい気持で、景色を眺めては飲み、飲んでは眺めしていると、不意に小鼓の音がして、店に入って来た者がある。猿まわしであった。

めでためでたの若松様よ
枝もしげれば、葉もしげる

小鼓を鳴らしながら猿まわしが唄うと、その肩からピョコンと小猿が飛び下りた。小さい手に金の御幣をささげもって、ヒョコヒョコと歩いておどり出した。

「いけないよ！　出ないでよ！」

茶店のおやじが飛び出して来て、どなりつけた。慶次郎に気をかねたのであった。

慶次郎は笑って、おやじを制した。

「かまわん、舞わせろ」

おやじは恐縮して退った。

猿まわしも小猿も元気づいて、演じつづけた。

「もっとやれ、もっとやれ」

慶次郎はいくつも違った曲をやらせて、銭をあたえた後、

「掛けろ」

と猿まわしを前の床几に掛けさせ、酒をもって来させてあてがい、猿には瓜と餅をあてがった。

猿はなかなか手を出さなかったが、猿まわしが、

「三吉や、いただくがいいだ。おらもいただくでな」

と言って飲みはじめると、はじめて手を出して、モグモグと食べはじめた。憂鬱《ゆううつ》げで仔細らしい目をしばたきながらおとなしく食べる猿の様子が、慶次郎には面白かった。

「よくしこんだものだの」

「へい。手前はもう三十年の上からこの商売をして、この子で六匹もしこみましたが、

とりわけこの子は利口でござりますだ。四、五へんも教えますと、スッカリおぼえこんでしまいますだ。へい、なみの人間の子よりずっとかしこいくらいでございますだ。はじめてこげいな利口なやつに行きあたりました。へい」

二合ほどの酒にほろりと酔って、猿まわしは多弁になっていた。

「その方共のような芸人が当地には多数来ているのか」

「へいへい。色々な芸人がまいっておりますだ。いいかせぎになりますで。みんな関白さまのお蔭でございますだ。手前もこの年になりますまで、いく度も戦さ場に出会うておりますだが、こんどほど陽気な戦さ場を存じませんだ。ありがたいことでございますだ。てまえ共のような芸人共は、みんな同じところにウジャウジャと泊まっているのでございますだが、夕方になって皆の者がそろいますと、誰もかれも口ぐせのように、こげいに景気のよかったことはない、ありがたいことじゃと、申しているのでございますだ」

「フーン、そうかの。そんなに景気がよいかの」

こうした話の間に、猿はすっかり食べおえた。主人のそばに坐って、キョトンとした顔で、慶次郎の顔を見つめている。

「可愛いものだの」

手を出して、頭を撫でてやると、おとなしく撫でさせていた。

三

番所にかえってみると、従騎が一人だけのこって、ぶりぶりしていた。慶次郎の顔を見るや、嚙みつくようにどなりつけた。

「言わぬことではありませぬ。関白殿下が、お供してまいった我々にもお目見得《めみえ》たまわるというので、殿のお使いがまいったのに、お前様がござらぬによって、皆がそろうてまいることが出来ぬ。せん方なくくじ引きして、一人だけのこることにしたところ、運悪う拙者がそれにあたったのでござる。お前様のため、拙者はせっかくのお目見得がフイになってしもうたのでござる。腹が立ってなりませぬぞ。うらみに思うておりますぞよ」

これはこの男にとって、たしかに大問題にちがいないことだ。天下人《びと》秀吉に謁見《えっけん》を許されて、言葉をかけてもらうことは、その名誉もだが、名誉以外の利益もなかなかのものなのだ。一ぺんでも拝謁していれば、その者は関白殿下もお知りの者ということになって、将来本人に罪科があっても、秀吉に上申して諒解を得ないかぎり、主人が勝手に処分することが出来ないのである。その機会を失わせたのだから、おこるのも無理はないのだ。

「それはすまなんだ」

と、慶次郎は心からわびたが、

「今さらわびられたところで、どうなるものでござるか！」

と、相手はまたどなった。

「待て、待て。つまるところはお目見得がかなえばいいのじゃろう。その工夫をしてみようではないか」

「いいかげんなことを言わっしゃりませ。そんなことは出来ん相談ですわい」

「出来るか出来んか、やってからのことだ」

慶次郎は笑って、番所に入り、番人に言った。

「前田参議の随従の者でござる。所用あって、おくれてまいりました。お通しを願いたい」

番人はケンもほろろに言う。

「前田参議随従の者共は、すでにまかり通った。通すわけにはまいらぬ」

「そのまかり通った者共のつれでござる。お通し願いたい」

「連れであるか、連れでないか、当方には見きわめはつかぬ。見きわめのつかぬ者は通すわけにまいらぬ」

と、番人は突っぱねた。こういう手合のくせで、威張りかえっている。

慶次郎は戦法をかえる必要を感じた。ニヤニヤと笑って、くだけた調子で出た。

「御番人」

「なんだ」

「貴殿がお役目にあやまちなかれと懸命につとめておられる気持は、われらよくわかるが、もう一度、とっくりと考えていただきたい。前田参議随従の者は、殿下に召されて参上するのでござる。その数が何人であるかは、殿下は御承知なのでござる。それが二人欠けていれば殿下としては必ずそのわけをお尋ねになり、所用のために遅れているのであることを御承知になり、心待ちになっているに相違ないのでござる。いつまでお待ちになっても、それが到着せぬとあっては、必ず迎えの者をつかわされましょう。殿下がつかわされずば、参議がつかわすでござろう。拙者等はその時までここにこうして待っていて、委細のことを告げる。使いはまかりかえって参議に報告する。参議はこれを殿下に申し上げる。そうなったら、殿下はどんな御処置に出られるでありましょうかな。貴殿の御処置をよしとされましょうかな。伝聞《でんぶん》いたすところによれば、いつぞやも、淀の君が殿下のお招きによって京よりはるばると当地に御下向であった時、碓氷《うすい》の関を守っていた徳川家の家来植村某が、お通し申すにかれこれとむずかしいことを申したというので、きついお咎《とが》めをこうむったと聞いていますぞ。お役目を大事に心掛けられるのは大いに結構でござるが、馬鹿固いだけではせっかく選ばれて役目にあたっておられる甲斐はござらんな。時と場合と人を考えてのそれぞれの判断があってこそ、多くの人の中から選ばれて役にあたられた甲斐もあり、殿下の思召しにもかのうことではありませんかな」

おどしつ、おだてつ、教訓しつつ、弁舌さわやかに説き立てた。

おどしがきいたか、おだてがきいたか、教訓がきいたか、番人は一言も口をはさまず聞いていたが、依然たる厳格な態度のまま、ただ一言言った。

「通らっしゃい！」

慶次郎はつれを小手招きして、馬をひいて、

「加賀参議、前田利家家来、何某、同じく何某。殿下のお召しによって、まかり通る」

と声高に名乗りを上げて通過した。

早川に架した橋を渡り、山路にかかると、つれが言った。

「おどろきましたわ。ようまあ、ペラペラ、ペラペラとしゃべれるものでありますなあ」

「口はしゃべるためにもあるのじゃ。ものを食うためばかりのものではないわい」

「それでもあきれましたわ。拙者はお前様ほどのおしゃべりを、これまで見たことがござらぬ」

「大袈裟《おおげさ》なことを言うな」

笑いながら、山上の本営についた。

慶次郎が番所の番人に言ったことは、半分以上ハッタリであったが、本営ではほんとに彼等の到着を心待ちに待っていたので、何のめんどうもなく拝謁することが出来た。

秀吉は一人一人に刀をくれて言葉をかけたが、とくに慶次郎にはこう言った。

「そちがおやじの利久は、昔なじみであった。なかなかの武辺ものであったが、聞けば

そちも年若に似ず、数々の武功がある由、この上とも怠らず励めい。そちが叔父は律義ものじゃ。別して叔父に心配させるようなことをしてはならんぞ。おれも目をかけているぞ」

秀吉のことばにはなかなかのふくみがあった。

ことは前田家の相続問題に関係がある。前田家は代々尾張荒子《あらこ》の城主で、付近二千貫の土地を領有していた。慶次郎の父蔵人利久は前田家の長男として生まれたので、父利昌《としまさ》の死後当主となったが、中年にして織田信長の命で無理往生に四番目の弟である利家に家を譲らされてしまった。

累代の主君であり、日の出の勢いのある人の厳命だ。そむくわけには行かなかったが、利久が愉快であろうはずはなかった。現に城を開け渡す時、利久の妻で慶次郎の母である人などは、この城に住む者に禍あれ、と呪いをかけたほどであった。

荒子城を退去した後、利久は織田家に止まっている気がせず、家族を連れて諸国を流浪すること十数年におよんだが、妻が死別し、寄る年波をかこつ頃になると、昔のうらみも消えた。

一方、利家の方は立身に立身を重ね、織田家の部将としては能登一国の領主となり、豊臣家の時代となっては加能越三州の大守と栄達したが、たえず兄の身を案じて、機会あるごとに自分の家に来ることをすすめてよこした。利久は弟にたよる気になり、七千石の捨扶持《すてぶち》をもらって気楽な余生をおくり、二、三年前に世を辞した。

慶次郎が叔父へのうらみを捨てたのは父より早かった。幼い間こそ父母の言うことを鵜のみにして、叔父を横領者としてうらんでいたが、やや成長すると、こうした父母のうらみが合点の行かないものになった。父母の言いぶんでは、叔父の立身は家督をついだために得られたのだというように聞かれるが、慶次郎のかしこさは、叔父は叔父の力量と身にそなわった運のよさであの栄達をしたので、前田の家督の有無など関係ないと思わざるを得ないのであった。

だから、父が旧怨を忘れて叔父に身を寄せる気になったのを、彼は大いに祝福したのである。

このような彼にとって、昔のことを根に持つでないぞと言わないばかりの秀吉のことばは、大いに心外であった。しかし、かりにも関白にたいして、正面切っての抗議は出来ない。

「お心づけの段々、かたじけなく存じます。奉公第一、武功専一に励みたいと存じます」

とおとなしく答えたが、なにかむしゃくしゃと、胸の底にわだかまるものがあった。

四

前田利家の一行は、早雲寺を宿所にあてがわれて、当分滞在することになったが、その翌日、秀吉からふれが出た。

「陣中の退屈を慰めるため、やつしくらべ（仮装会）をもよおす。趣向のすぐれたものにはほうびを取らせる」

というふれ。

包囲線を厳重にしているかぎり、城方は袋の中の鼠だ。自滅を待つほかはない状態になっている。出撃の気力など今はありそうにない。包囲軍としては、すでに十分の遊楽の機関がそなわっているのであるが、慣れてしまえばやはり退屈だ。変化がほしい。このふれは大歓《よろこ》びで迎えられた。よるとさわると、そのうわさで、それぞれに工夫をこらして、その日を待った。

いよいよその日になった。

場所は人々の見物に便利なように、海べの松原の中と定められた。その松林の中に、海に向かって壇をきずき、幕舎をしつらえて、秀吉の席とした。扮装者等は思い思いの趣向をこらした姿でその前を通過するというしくみであった。

諸家の重立った家来はもちろんのこと、その主人も、また大々名、たとえば徳川家康や前田利家というような人々まで仮装した。

山伏、僧侶、商人、遊女、くぐつ、孕《はら》み女——ありとあらゆる趣向が凝らされ、それらが通過するごとに、海が鳴りどよむほどに人々は喝采し、笑いさざめいた。

最も傑作は徳川家康であった。家康は遊女屋の亭主となり、遊女に扮した侍女二人を連れて出た。一人にはガミガミと小言をいい、一人にはしなだれかかるのであった。そのしぐさが無骨であるばかりか、時々仕分《しわ》けがこんがらかる所がかえってなかなかの愛嬌で、喝采と笑声がしばらく鳴りやまなかった。

「本日の第一等の出来ばえはこれらしいの」

秀吉は大満悦で、大判五枚をあたえた。

前田利家も面白かった。これは近在の農夫が天秤棒で荷をかついで野菜のふり売りに町に出て来たところに扮していたが、呼び声もしぐさも、無骨でいっこうにそぐわないところがかえって面白かった。

「これもいいわ」

秀吉は同じく大判五枚をあたえた。

その利家が引っこんで間もなくのことであった。どこやらに小鼓の音が聞こえたかと思うと、出て来たものがあった。赤い頭巾に赤い袖無《そでなし》、裁着袴《たっつけ》の姿とだけ、最初は見えた。小鼓を鳴らし、唄をうたいながら、悠々たる足どりで進み出て来る。人々は「クグツ（人形まわし）だろうか」と目を凝《こ》らしたが、間もなくその肩先にチョコンととまっている動物を見ると、アッとおどろいた。猿まわしに扮しているのであった。

秀吉が猿に似ていることは誰も知っている。そして、そう人に言われることをきらっていることも知っている。一時にしずかになった。おそろしいほどの寂寞《せきばく》の中に、その男の悠長な歌声は響く。

これは山王の神のつかわしめ、
赤いトッサカ、立烏帽子《たてえぼし》
黄金《きん》の御幣《ごへい》のきらきらと、
日枝《ひえ》の山々いくめぐり
柿をたずねていくめぐり
ヤア、ポン、ポン。
いくめぐり
ヤア、ポン。ヤア、ポン。

それは慶次郎であった。秀吉の前まで来ると、猿をおろし、赤い烏帽子をかぶせ、黄金の御幣を持たせて、はっきりと人々に聞こえるような声で言った。

「殿下の御前じゃぞ。しっかりと舞えい」

猿は小ざかしく、みごとに舞いはじめた。

これは虎のひげをひねるにひとしいことだ。秀吉の怒りがどんな形で出て来るか、雷電の一撃を待つに似た気持であった。いるかぎりの人は手に汗をにぎり、このいのち知らずの無法者と、壇上の秀吉とを見くらべていた。

（なにものであろう、この気ちがいは……）

人々は、これまで消えたことのなかった笑いの表情が秀吉の顔からなくなっているのを見た。また、その目が異様な光を帯びて来たのを見たように感じた。

「はっは……」

とつぜん、秀吉は笑い出した。

人々はぞっとした。おそろしい響きを持っている笑いと感じた。

しかし、つづく秀吉のことばは至って濶達《かったつ》であった。

「いたずら者め！　おれを試すつもりか。阿呆なことをいたしおる。よいわ。忘れて取らせる。これをもって、早く消えい」

キラリときらめいて、大判が一枚飛んで来て、猿の前におちた。猿は大急ぎでひろって、食べようとしたが、食べものでないと知るとヒョコヒョコ持って来て、慶次郎にわたした。

おかしかったが、誰も笑う者はなかった。

「ハハハハハ、おもしろいな。皆、笑え笑え」

という秀吉のことばだけが響き渡った。

駿馬松風

一

いたずらがたたって、慶次郎は加賀へ追いかえされた。

「途方もないしれものめ、殿下が宏量《こうりょう》でおわす故、笑いごとですませて下されたが、あたりまえなら、そち一人ですむことではないぞ、一族はもとよりのこと、家臣共にまで迷惑のかかることだぞ。その方のようなやつは、なにをしでかすかわからぬ。国許へかえって慎みおれい」

と利家に言い渡されて、小田原から帰されたのである。

そこで、加賀にかえったが、どんな境遇にいても楽しみを見つけ出すにはこまらない慶次郎だ。謹慎蟄居なら謹慎蟄居で、読書という楽しみがある。源氏物語だの、伊勢物語だのの研究はとりわけ好きなことだ。おとなしく屋敷にこもって、日夜に読みふけった。

利家は冬のはじめにかえって来た。

慶次郎はなかのよい家中の若武士を呼んで、利家のきげんのほどを聞いてみた。

「まだお悪いですぞ。あなた様の話が出ますと、忽ちごきげんが悪くなります」

「あ、そうか。こんどはずいぶん長いな。当分読書をつづけるよりほかないな」

「それがよろしゅうございましょう」

慶次郎はべつだん謹慎生活を苦にはしていない。ただ叔父に気をもましたことが気の毒でならないから、早くきげんがよくなってほしいと思うのであった。

しかし、その叔父のきげんも、年が新しくなる頃にはやわらいだらしい。

「もう一度ああいうことがあると、もう決してゆるさんぞ、よいか」

ときびしくいましめて、謹慎を解いてくれた。

「重々恐れ入りました。必ずともに身をつつしむでございましょう」

と、慶次郎は答えた。持って生まれた性質が急に改まるものではなし、改まらない以上何をやり出すことか、自分でも見当はつかなかったが、人のよい叔父をそう苦しめたくなかったから、まず当面をつくろっておいたわけであった。

無事な日が数カ月流れて、長い北国の雪が消えて春が来たが、雪国の春は短い。忽ち夏となった。

その頃、家中にこんなうわさが立った。

「去年、殿様は関白殿下のお供をして関東陣から奥州にまで行かれた時、奥州で大へんな名馬を手に入れて来られた。百カ所にあまる奥羽の牧《まき》でも数十年この方、出たことのないというほどの駿馬《しゅんめ》であるそうな。冬の間は京のお屋敷のお厩で飼い立てておられたが、このほどこちらにお呼びくだしになったそうな」

「こと新しいことのように言うなよ。皆もう知っていることだ。わしはその馬を拝見さえしているぞ。いやもう言いようもないほどの駿馬だ。あれほどの馬はわしはこの年になるまで見たことがない。殿おん自ら松風と名をつけられたのだ。乗って早駆けさせると、あまりにも速いので、風が耳許に松風のような響きを立てるからとのこと」

うわさは慶次郎の耳にも入った。彼は城内の厩《うまや》にその馬を見に行った。

なるほど、すばらしい駿馬であった。

たくましい鹿毛《かげ》のその馬は、漆黒のたてがみも長い豊かな尾も野髪《のがみ》のままであった。耳は鋭くそいだ青竹のように真直に天をさしてたえずぴりぴりとふるえ、目は鈴をかけたようで、鼻面《はなづら》は繊細な血管が網目にからんで、神経質な怜悧《れいり》な性質をあらわしていた。たくましく張った胸やきりりとしまった胴や、きゃしゃでありながら精鉄でこしらえたような脚は、敏捷な気分と強靭な体力をあわせ持っていることを示していた。とりわけ、なにか気おい立つと、長く豊かな尾髪《おがみ》がさっと乱れ立って、一道の凄気《せいき》が走り、そのまま天馬となって遠く空のかなたに翔《かけ》り去るのではないかと思われるほどの見事さであった。

「こりゃいい馬だ。うわさには聞いていたが、これほどの名馬とは思わなかったぞ。見事なものだ」

慶次郎は口をきわめてほめそやし、飽きずに見ていたが、ふと厩がかりの頭《かしら》に、

「一鞍《ひとくら》責めてみたいな。乗せてくれんか」

と所望した。

相手は顔色をかえて首をふった。

「滅相もないことを仰せられます。これは殿様お一人が乗られますので、余人は決して乗せてはならぬと、きびしいお達しをいただいているのでございます」

「ほんのちょいとでいい」

と頼んだが、

「めっそうもない！」

の一点ばりだ。

心をのこして引きさがるよりほかはなかった。

それから間もなく、盛夏の頃となると、厩仲間《ちゅうげん》等は、毎日夕方になると、その馬を連れて犀川《さいかわ》にひいて行って水浴させることを日課とするようになった。仲間等としては城下の人々の驚嘆と讃美の中を、この比類なき駿馬を牽《ひ》いて往来するのが得意なのであった。

ある日のこと、仲間等が犀川で松風を水浴させた後、いつものとおり、ハイドウ、ハイドウと掛声かけつつ、河原で輪駆けをさせていると、とつぜん、騎馬の慶次郎があらわれた。

青地の麻の陣羽織に、夏毛《なつげ》の鹿の皮のむかばきをはき、左の拳《こぶし》に鷹をすえ、五、六人の従者をつれ、鷹狩の帰りと見えるいで立ちであったが、実はそうではなかった。つい今し方、わが屋敷から出て、真直ぐにここに来たのであった。

慶次郎は土手の柳の下に馬を乗りとどめ、綾藺《あやい》笠の下から、松風の輪がけを見ていたが、従者に拳《こぶし》の鷹をわたし、馬を下りて、夏草のしげった斜面を河原へ下りて行った。

仲間等は皆慶次郎の身分も顔も知っている。恐れ入った様子になって、河原に片膝ついて迎えた。

「いい馬だな。見れば見るほどいい馬だな。その方共も手入れのしがいがあろうな」

と、きさくな調子で言っておいて、さらさらとつづけた。

「どれ、ちょいとその口綱をにぎらせてみい」

ごく軽く、何でもないことのように言われたので、口綱を取っていた仲間は、うっかり渡そうとしたが、他の仲間等があわてた調子で、ほとんど叫んだ。

「これは松風でございますぞ。殿様のお召馬でございますぞ」

口綱を取っていた仲間もはっと気がついた様子で、かたい表情になった。

第一策をかわされて、慶次郎は苦笑した。

この上は強引に行くよりほかない。

「知っている。だから乗ってみたいのだ。ちょいとでよいから乗せろよ」

つかつかと近づいて、馬の口づなをつかまえた。

「とんでもございません！　いけません！　殿様のお馬でございますだ」

仲間共は総立ちになったが、慶次郎の身分におそれて、力ずくではとめられない。おろおろとただざわいだ。

「そうか。いかんか。それでは乗りはせん。ちょいと可愛がらせてくれい。それはさしつかえないであろう」

おお、よしよし、いい馬だ、いい馬だ、といいながら、平首《ひらくび》のあたりをたたいて愛撫していたが、仲間共が気をゆるめた途端、ひらりと青地《あおじ》麻《あさ》の陣羽織がおどったかと思うと、馬上の人となっていた。

「あ！　御無体！」

仲間等はうろたえて追いすがったが、慶次郎のからだが馬の背にさっと伏せられたかと思うと、馬は一飛びに五、六間も飛びはなれ、二飛び、三飛びの後には、しぶきを上げて流れに飛びこんでいた。

「心配するなあ！　おわびはおれがじきじき申し上げるーッ」

あわてふためいている仲間等にそう叫び、鞍もあぶみもない裸か馬の背に、水ぎわ立った騎乗ぶりを見せながら、忽ち流れを乗り切って向こう岸にわたり、片手を上げて、からかうような合図を送った後、堤を乗り上げて、どこかへ疾駆《しっく》し去った。

二

犀川の堤を後ろにした慶次郎は、しばらくの間はあてもなく馬を走らせて駿足ののり工合を楽しんでいたが、間もなく西へ西へと野道を走らせて、城下から半里ほど離れた米丸村に入った。

村の中ほどに、いかめしく土塀をめぐらした大きな屋敷がある。その門前で馬をとめて下りた。

門前の駒つなぎの石に手綱を結んで、わらぶきの長屋門をくぐったが、玄関へはかからず、途中の塀についていた潜門《くぐり》を入った。そこは美しく泉石を配置した庭になっている。飛石伝いに半分ほど行くと、奥の木立のかげに茶室めいた草《くさ》屋根の建物が見えた。それに向かって声をかけた。

「お出ででしょうか」

すると、もうかなりに濃い暮色のこもった建物の奥に、人のけはいが動いて、縁側に出て来た者があった。

「ああお出でなされ」

夕明りの中に立ったその男の顔にはにこやかな微笑があった。下ぶくれの顔に、切れ長な目が深い美しい色をたたえて、どちらかと言えば小柄なからだつきだが、小ぶとりにふとった、おちついた様子の人物であった。

「そのへんまで馬を走らせて遊びに出ましたところ、急にお会いしたくなったのでまいりました」

「ようこそ。さあ、お上がり下さい」

主人は慶次郎を室内に導き入れておいて、縁側に出て、パンパンパンと手をたたいた。さえたその拍手の音が暮色のせまった庭にこだまを呼びながら響いて行くと、若い下僕が母家から出て来た。主人はなにやら命じておいて、室内に入って客に対座した。

「実はお招きの使いを出そうかと思っていたところでした」

「ほう？」

「今日は大へん福徳のある日で、朝方殿様から美酒を一樽いただいたかと思うと、先刻宿のあるじが見事な香魚《あゆ》をとどけてくれましてな。一人でいただくもあじきないと思いまして」

「それはありがたい。虫が知らせたのですな。急に無性にこちらへ伺いたくなりましたのは」

二人は声をそろえて笑った。

燭台が持ちこまれ、膳部が運びこまれて来た。

「出来上がりましたか、この前のものは」

さかずきを上げながら、慶次郎はたずねた。

「ちょっと考えがかわって、工夫しなおしましたので」

主人は小床《こどこ》から手文庫をおろして来て、中から一枚の紙ぎれをとり出した。

「いかがです」

客の前にひろげる。半紙の全面にいくつも絵がかいてあり、その中のいくつかは消してあった。刀のつばや、つかがしらや、目貫《めぬき》や、そんなものの下図《したず》であった。

慶次郎はさかずきをおいて、紙を取り上げ、絵とそのそばに細い字で書いた簡単な説明文とを照合しながらていねいに見た。

「すばらしいですな。質素でありながら堂々たる風格のあるところ、いつものことながら頭がさがります」

「ちょっと面白いでしょう」

主人は楽しげに笑った。へたにけんそんなどしない。笑うと、ひとみが大きくて切れ長な眼裂《がんれつ》のために深かぶかと澄んで見える目が細くなって、大へん柔和な顔になるのであった。

「あなたの方はいかがです。だいぶ進みましたか」

と、主人が聞いた。慶次郎の国文学の研究についてであった。

「まあぼちぼちというところですな。伊勢物語に、ちょいとした意見が出来たのですが、いずれ文章にしてごらんに入れます」

打ちとけた話をしながら酌みかわしている時、にわかに門前がさわがしくなった。多数の人のけはいと共に、あらあらしくわめき立てる人々の声がする。門の方に目を向けると、とっぷり暮れた暗の向こうの木立《こだち》の上の空が松明《たいまつ》の火明《ほあか》りに赤くにじんで見えた。

「なんでしょう」

と、主人は慶次郎の顔を見た。

「御心配のいらないことです。しかし、どうもやかましい。清談をさまたげますな。追いはらってまいりましょう」

草履をつっかけて出て行った。

門前には二、三十人の厩仲間共が松風を取りまいてひしめいていた。皆はげしい怒りのことばを口にしていた。数人の者が手にした松明をやたら無性にふりまわしていた。音を立てて火花が飛び散り、黒い油煙と長い炎がめらめらとなびき、光と陰とがたえず変化して、人々の心をいやが上にもはげしいものに駆り立てて行くようであった。

そこへ、慶次郎がぬっと姿をあらわした。さわぎに夢中になっていた仲間共には、ひどくだしぬけで、気をのまれてしまった。

「よくわかったな」

慶次郎はまずこう言って、愛嬌よく微笑してつづけた。

「さすがに叔父御《おじご》が大事にしているだけあって、名馬だ。駿馬だ。おかげでいい気持であった。礼を言うぞ」

けろりとした調子だ。皆一層気をのまれたが、しばらくすると怒りがよみがえって来たらしい。

「あまりでございます」

と、一人がさけび出すと、蜂の巣をつついたように、一時に方々から叫びが上がった。

「おいたずらにもほどがある！」

「馬に万一のことがあったら、おいらっちのいのちはなくなるのだ！」

「このままでは捨ておかれん！」

などとわめき立てる。

松明の赤い炎に照らされて、ひげだらけのあらあらしい男共が大きな口をあいて怒号する有様は、地獄の鬼共の群像のようであった。

「まあ、そうおこるな、叔父御にはおれからおことわりするから、その方共にはめいわくはかけん。これで一ぱいやってきげんを直してくれ」

腰の大巾着《おおぎんちゃく》をさぐって、四、五枚の金をまいた。火影《ほかげ》にきらめきながら飛び散って、冴えた美しい音を立てて判銀《はんぎん》が地におちると、忽ち大混乱がおこった。地獄の鬼共は美肉におそいかかる飢えた狼にかわって、おし合い、へし合い、つき飛ばし、つき飛ばされながらひろいにかかった。

三

この間、前の座敷で、慶次郎の相手になっていた人物は、心静かに独り酒をくみつづけていた。これはこの屋敷の主人ではない。一月ほど前に京から来て滞在している本阿《ほんあ》弥光悦《みこうえつ》であった。

　光悦は前田家から七百石の禄を受けて、その本業となる刀剣の研《と》ぎと拭《ぬぐ》いの御用をつとめているので、年に一回か二回、こうして加賀に来るのであった。

　光悦は稀世の天才芸術家だ。父祖代々の家業である刀剣の鑑定、研ぎ、拭いにかけてすぐれていたことは言うまでもなく、その他、書道、蒔絵、茶の湯、製陶、歌道、行くとして可ならざるなき一流の達人であったので、趣味を同じくする慶次郎は尊敬して、その人が加賀へ来ている間はいつもこうして訪問して風雅談にふけるのであった。光悦はこの時三十五であった。

「どうしたのです」

　慶次郎がかえって来ると、光悦はきいた。

「つまらないことですて。去年、叔父御が奥州からよい馬をもとめて来ました」

「聞いています。松風と名づけておられる由ですな」

「そうです。ところが、それをひどく大事がって、余人には手も触れささんのです。そうなると、意地です。必ず乗ってやろうと決心して、おりをうかがっていましたが、今日ちょろりとごまかして乗って来たのです。いい馬です。叔父御のような老人にはもったいないような馬ですて」

「いたずらをなさる」

と、光悦は笑ったが、急にまじめな顔になって、

「酒の席でこんなことは申したくないのですが、一ぺん申し上げたいと思っていたことですから、申します。どうもはなはだ御評判が悪いですぞ」

「へえ、どこの評判です」

「家中の評判ですな」

「どう悪いのでしょう」

「どう悪いって、しらばくれてはいけません。身に覚えがあることでしょうに」

「そりゃないこともありませんが……」

「二、三日前、御家老の村井様にお目にかかった時うかがったのですが、そこ様は去年、小田原陣でひどいいたずらをなすって、関白殿下にいやな顔をされなすったというではありませんか」

「いやな顔ではありません。なかなかいいごきげんでした。大判一枚、ほうびをいただいたくらいですから」

「ハハ、ハハ、関白殿下としては御身分がらそんなことでお腹を立てなさるわけにもまいりますまいから、きげんのよい顔もなさったろうし、ごほうびも下さいましたろうが、はじめはずいぶんいやな顔をなすったと聞きましたぞ」

「だから、やってみたかったのです。おこりたい時にもおこれず、笑いたい時にも笑えず、心にもない芝居をせねばならん、不自由であろうな、この猿め！　と、むらむらと来ましたのでね。拙者の持病ですな。ハハ、ハハ、ハハ」

ではありませんか」

「関白殿下をからかうなぞ、無茶にもほどがあります。虎のひげを引っぱるようなもの

「虎のひげではありませんな。猿のひげですな。しかし、猿にひげがありますかな」

光悦はふき出してしまった。

「冗談じゃありません。殿様もあれ以来大へん御心配で、いつもそこ様のことを案じていらっしゃると聞きました。お年寄に心配をおかけするのはよくないことです。村井様は、てまえがそこ様に御懇意を願っていることをよくごぞんじですので、忠告をさせようとて、その話を聞かせて下さったものと思われます」

「光悦殿にまで御心配をかけて、相済まんことです。少しつつしみましょう。そのほかにはどんなことを申しておりました」

「いろいろありますが、申さんでもおわかりでしょう」

「そりゃ、まあわかりますが……」

「だから申しません。せっかくの酒がまずくなります」

「なるほど、酒がまずくなる。大分もうまずくなりました。口直しに、幸若舞《こうわか》でもごらんに入れましょうか。殿下の御前で猿にやらせたやつを」

慶次郎は箸を短く折って口にふくんだ。すると、その端正な顔は忽ち猿そっくりになった。

「どうです、似ているでしょう」

といって立ち上がり、扇をひろげ、歌いながら舞いはじめた。

これは山王の神のつかわしめ、
赤いトッサカ、立烏帽子
黄金の御幣のきらきらと、
日枝《ひえ》の山々いくめぐり、
柿をたずねていくめぐり。

合の手に、ヤアポンポン、ヤアポン、ヤアポン、と口鼓《くちつづみ》しながら舞う。よくも猿の形をうつしたものだ。ちょいと手を曲げたり、足を上げたり、クルリと目玉を動かすしぐさに、そっくりそのままの感じがあらわれて、笑うまいとしても笑わずにいられない出来ばえであった。

四

翌日登城して、無断で馬を借りたわびを言うと、利家はにがりきったまま返事をしなかった。
（ははあ、おこってござる）
と思ったが、いちおう耳に入れたことなので、さっさと引きさがって来ると、いつの間に来たのか、次ぎの間に家老の村井又兵衛が待っていた。骨組みの太い、四角な顔をした、みるからに頑固そうな爺さまだ。軽く会釈《えしやく》したまま通りすぎようとする慶次郎を、いきなり呼びとめた。太い声だ。

「慶次郎様」

利家がまだ小身の頃から仕え、今では家老として一万二千石の身分だが、利家に仕える以前は慶次郎の父利久の家来であったから、慶次郎には大へんていねいなことばづかいをするのであった。

「なんだな、爺や」

「お前様、今夜はおひまでござるか」

「……そうだな、別段の用はない」

「それでは、日の暮れる時分から、爺が家に来て下され」

またお説教を聞かされるらしいと思ったが、こうなると後ろは見せられない性質だ。

「まあ、行こう。如才はなかろうが、あとで酒をのませるだろうな。お説教の聞かせッぱなしはごめんだぞ」

にが虫をかみつぶしたような顔をして、老人はこたえなかった。

どうせ昨日の馬一件についてのお小言《こごと》だと見当をつけて、日の暮れる頃から出かけた。この見当に狂いはなかった。老人はこんこんと訓戒をたれたが、話しているうちに次第に逆上して、鉄砲玉のような涙をほろほろとこぼしながら、こんなことを言い出した。

「お前様のことを、あれは昔のことを根にふくんで、殿様にいやがらせをしていなさると、世間で申していることを御承知か」

言うだけ言わせれば、気がすむだろうと、たかをくって言うにまかせていたが、これには慶次郎もおどろいた。

「ほんとか」

「爺がウソを言っているとお思いか」

慶次郎は心外至極であった。つまり、世間では相続問題についての不平のために利家の迷惑になるようなことやあてつけをしていると見ているのだという。

はげしい調子で言い出した。

「おれにはそんなケチな根性はさらにない。そんな根性をおれはなによりもにくんでいる男だ。考えてもみてくれ、男たるものがそんな根性を抱きながらその家の禄を食《は》んでおられるものかどうか。おれは男の中の男をもって自ら任じている男だぞ」

残念千万であった。どうして世間のやつらはおれのこの心がわからないのだろうと、胸をたちわって見せたい思いであった。おのれのきたない心に合わせて、きたなくしか人の心を見ることの出来ない世間がいやらしく、いきどおろしかった。

「爺には、お前様のお気持はよくわかっています。しかし、世間の口に戸は立てられませんぞ。それ故に、つつしんだが上にも身をつつしんでいただきたいのでござる。今のような御行状だと、世間は何を言い立てるかわかりませんぞ……」

村井はくどくどと、老人らしく言い立てた。

しかし、慶次郎の感情はもう平静《へいせい》にかえっていた。老人のくりごとをうるさいと思った。世間の取り沙汰には腹が立つが、だからといって、行状をあらためる気は毛頭ない。どんなに世間からほめられようと一身の栄達があろうと、世間のきげん気づまを取っての生き方をする気にはなれない。そんな生き方は他人のために生きるのであって、自ら生きることにはならないと思うのだ。あくまでもおのれの心にしたがい、おのれの心のままに生きてこそ、自ら生きるというものだ、と思うのだ。

「わかった。もう言うな。以後は大いに気をつける」

「ほんとにですぞ」

「ああ、ほんとだ」

老人はほっと長い息をついた。

「約束だ。酒をのませてくれ」

「そんな約束はいたしません」

「せんことがあるものか。お説教の聞かせッぱなしはごめんだと申しておいたではないか」

しかたのないお人だ、といいたげに、また溜息をついて、村井は手をたたいた。

すると、待ちかまえていたようにからかみがあいて、美しい娘が膳部をささげて出て来て、慶次郎の前にすえた。

細面の顔立ちと、すらりとした長身とが、白い百合を見るように清純で高雅な感じをただよわせていた。

この家にはちょいちょい来る慶次郎だが、奥向きに入ったことはないから、男の召使いしか知らない。だから、この娘の出現は意外であった。しかも、非常に美しいと来ているので、一種の狼狽感さえあった。

一時われを忘れた。娘が彼の前から退《しりぞ》いてからかみのかげに去り、そこからまた膳を持って来て老人の前にすえ、さらにまた退いて銚子を持って来るのを、茫然たる目で見ていた。

「どうぞ」

娘は銚子をとりあげて、酒をすすめた。

「やあ」

さかずきをとり上げて酒を受けながら、慶次郎はおれはあわてていると苦笑した。

その夜の慶次郎はさっぱり気勢が上がらなくなった。時々酔が発して、談論が風発しかけるのだが、娘の高雅で冷静な表情が目にうつると、おこりかけた火が水にあったようにペシャペシャといくじなく消えてしまうのだ。いまいましかったが、いまいましいながらも、こんなことを考えていた。

「こいつはなにものであろう。女中だろうか、娘だろうか。娘かも知れんが、とすれば、この無骨《ぶこつ》なおやじにどうしてこんな娘が出来たのだろう。こんな番狂わせがあるから、世の中は面倒なのだ」

しかし、バツが悪くて、聞いてみたいと思いながらも、気軽に口に出なかった。こんなこともこれまでにないことであった。それもまたいまいましかった。

恋談義

一

なにごともなく一月ほど立ったある日、慶次郎は光悦から、

「てまえも近々に京へかえらなければなりませんが、それまでに一度鷹狩にお連れ下さいませんか」

と頼まれた。

「まいりましょう。不日に計画いたします」

約束して、方々の様子を聞き合わせると、松任《まっとう》付近が今年は獲物が濃いと聞いたので、そこへ行くことにした。

松任は金沢城下から西南方、二里半の地点にある。終日狩りくらして、相当獲物もあって、帰途についたが、その間際になって、光悦は野宴をしたいと言い出した。

これもまた一風流だ。とりわけ光悦のような風雅一世にゆるされた人を相手の野宴とあっては大いに望むところだ。茶の湯、浅酌《せんしゃく》、歓《かん》をつくしているうちに、とっぷりと暮

れた。

「やあ、とうとう暮れましたな」

と、光悦はおりしも上がって来た団々《だんだん》たる月を仰いで笑った。

「月を踏んでかえるのもまた一興でしょう」

と、慶次郎も笑った。

ほろ酔いのいい気持で、馬をならべて、二人は帰途についたが、半分道ほどの野々市《ののいち》という村までかえってきた時、民家の生垣《いけがき》にそって立っていた人影がひょこひょこと出て来て、頭を下げながら言う。

「お城下のお武家様方でございましょうか」

「わしは違いますが、こちら様はそうです。何か御用ですかな」

と、光悦は言った。

「お呼びとめ申しまして、まことに失礼でございますが、てまえは当村の庄屋でございます。おり入ってお願い申し上げたいことがございまして、お城下へおかえりのお武家様方をお待ちしていたのでございます」

その男は光悦のそばによって、なにやらひくい声でささやきはじめた。腰が少し曲って、白髪頭で、短い四幅袴《よの》をはき、小脇差を一本さして、いかさま庄屋殿といった風体だ。

光悦は馬上から首をさしのばして、耳をかたむけて、相手の言うことにしきりに打ちうなずいたり、問いかえしたりしていたが、間もなく身をおこした。慶次郎に言う。

「村井又兵衛殿の姫君が、この村の観音菩薩にお詣りにまいられたところ、にわかにお供の侍が病気になったので、お帰りになることが出来ないでいなさるというのです。そこで、村から人数を出してお送りする支度をしつつありますが、出来るなら我々に送っていただけまいかと、申しているのです」

白百合の精のような娘のおもかげが、胸に浮び上がって来た。胸が波立って、頬のあたりがポーッとあたたかくなって来た。あの娘だろうかと思った。すぐ送ってやる気になったが、即座に承知するのは、少しばかり恥かしい。だから、しぶしぶとした調子で言った。

「村井家に使いは出さなんだのか」

庄屋は恐縮した。

「へえ、不念《ぶねん》なことでございました」

「とにかく、送ってさし上げることにしましょう。どうせついでですし、村井様の姫君とあってはなおさらのことですから」

と光悦は言って、慶次郎の返事を待たないで、庄屋に、

「お送りして進ぜよう。御安心なさるよう、姫君に申し上げるがよい」

と言った。

この際、慶次郎には、テキパキとひとりで事を運ぶ光悦の態度がありがたかった。相

談をかけられたところで、急には返事が出来ないにちがいなかったから。

庄屋に案内されて、その家に行くと、村井又兵衛の娘は、表座敷に三人の女中に取りまかれて坐っていた。心細げな顔をしていたが、光悦と慶次郎が来たのを見て、ほっとした顔になった。

まぎれもなく先夜の娘であった。慶次郎は、またあたたかい波が胸に打って来るのを覚えた。あらゆるものから——自分自身からさえ解きはなたれたいと常に望んでいる彼にとって、この気持は快さと同時に一種の不快感でもあった。彼はことさらに無作法に大きな声であいさつした。

「やあ、いつぞやは大へんお世話になりましたなあ」

娘はだまっておじぎした。青白く見えるくらい透《す》きとおった顔に、ほのかに血の色が散った。先夜の冷たいくらいとりすました表情はなく、ういういしい恥らいと処女らしい媚《こび》があった。よほどに心細かったのであろう。あわれになった。

「おや、お知り合いなのですか」

と光悦は言う。

慶次郎は少し狼狽した。

「いや、この前呼ばれて村井家へまいり、御説教を食ったのですが、口直しに酒を所望して御馳走になった節、お酌をしていただいたのです」

と説明したが、言ってしまうと、これは少し長すぎる説明になったと思った。これで

は言訳《いいわけ》じみる、言訳しなければならないことはないのに、と思った。しかし、光悦の目つきに笑いの陰を見つけると、ついまた、

「そうでしたね」

と、娘の同意をもとめた。

娘はだまってうなずいた。少し赤くなった。

すると、光悦は不思議そうに二人を見くらべた。慶次郎は一層バツが悪くなった。余計なことを言わなければよかったと思った。

間もなく出発することになる。

乗物《のりもの》（身分高い人の乗る駕籠）はやっと京に姿をあらわして、最上流の人々にしか使用されていない時代だ。女等は皆馬で来ていた。戦国のならいで、女でも達者に乗るのである。

先頭に慶次郎と光悦が馬をならべて立ち、次に村井の娘、つづいて女中等、そのあとに慶次郎と光悦の従者等が徒歩《かち》で従うという順序の行列だ。

酔いはもうとうにさめていたが、月の明るい野道をこんな行列を組んで行くのが、慶次郎には現実のことではなく、夢か幻のような気持だ。いくども後をふりかえらずにはいられない。月の光にぬれ光る白い被衣《かつぎ》姿の女等が黙々と馬をつらねてつづいて来るのが、狐の嫁入行列でもあるような妖《あや》しい気持をおこさせる。まわりの景色がまたそれを強調する。薄い霧のおりている稲田、近くが昼のように明るく、遠くが真珠色に霞んで

いる月明り、薄墨《うすずみ》でサッと一はけにはいたように頂《いただ》きの部分だけが見えて、森のほうはぼかされている遠い山々、平野の方々に点々としてある森、月光に濡れ光ってなびいている路ばたの薄《すすき》の穂波、一切がおぼろで、ぼやけて、ふわふわと頼りないのである。

二

夜なかを少しすぎた頃、金沢に入った。

光悦とは米沢村との岐《わか》れ道でわかれた。女等は、自分の屋敷の前で、家来の一人をつけて送りとどけるように命じた。

つめたい水でからだを洗って、さっぱりなって居間におちつくと、なんとなく心が楽しい。酒を命じてひとりで飲んでいると、村井家へ女等を送って行った家来がかえって来た。妙な顔をしている。

「どうした？」

「村井様では、ぴったり門を閉じて、いくらお呼びしても、お起きにならないのでございます。それで、いたし方なく、またお連れしてかえってまいりました」

「おかしいな、それは」

「おかしゅうございます」

「こういうわけで、姫君をお送りして来たということは、申したのだな」

「申しました。どんどん門をたたいて、声のかれるほど申しましたが、門番小屋は灯影一つもれず、しーんと静まりかえっているのでございます」

「ふうん」

なんともいぶかしいことだ。慶次郎は迷信家ではない。ほとんどすべての人が、貴賤、勇怯《ゆうきょう》、賢愚の別なく、狐や狸の魔力や、妖怪、変化、幽霊の存在を信じて疑わない時代であったが、彼はそんなものを信じたことがない。

しかし、今夜のことは、最初の出逢いといい、途中の情景といい、このなりゆきといい、妖気満々だ。

「女等はどこにいる？」

「お玄関にお待ち願っています」

「行ってみる」

白衣《びゃくえ》（ふだん着）の上に袴だけつけて居間を出た。

ともし灯を一つおいただけの広い玄関の式台に、女等はしょんぼりと坐って待っていた。姫君を中心にして、白い被衣《かつぎ》をかぶって、たがいに寄りそうようにしている姿は、白い狐か兎かなんぞが夜寒むに身を寄せ合っているように見えた。灯影のとどかないこちらから見ていると、女中等は時々目を上げてあたりを見まわしているが、又兵衛の娘はうつ向いたまま、まるで彫りつけられた像のように目を伏せた姿を動かさない。泣いているのではないかとさえ思われる。

慶次郎は大またに進み出て、大きな声で言った。

「門番が起きないそうですな」

返事はせず、娘は一層深くうつ向いた。被衣の襟がはげしくふるえた。

「お上がり下さい。今夜は当家にお泊りになって、夜が明けてからお帰りになるがよろしい」

「申し訳ございません。重ねがさね御心配をおかけしまして……」

低く言う娘の声は涙にぬれ、ふるえている。

「なあに、その御斟酌はいりません。しかし、無骨な男世帯ですから、十分なお世話は出来ませんぞ」

自ら客間に案内して、上座敷を娘に、下座敷を女中等にわりあてた。その他、夜食や寝支度や、一切必要と思われることを、家来共にさしずした後、居間に引き上げた。

のこりの酒をのんで、寝についたが、同じ屋根の下にあの娘がいるのだと思うと、あたたかく、やわらかく、不思議な切なさがあって、胸がときめいてやまなかった。

翌朝、目をさますと同時に、昨夜のことが思い出された。夢のような気がした。しかし、事実あったことにちがいない。心楽しく起きた。顔を洗って客間に出た。

女等はもう朝の身じまいをすました美しい姿になっている。又兵衛の娘は、昨夜からの礼を言った。もう泣いていない。又兵衛の屋敷ではじめ会った時のような、高雅で、優婉で、いささか冷たさを感じさせる、あの沈着な様子であった。

「よくおやすみになれましたか」

「はい」

「当方からお宅に使いを出して、お迎えの者に来ていただきましょうか」

「およろしきように」

「それとも、当方からお送りいたしましょうか」

「およろしきように」

ひどく口数が少ない。その上、明るい日の下で見る姿がまぶしいくらい美しい。こちらは閉口して、早々に引きさがったが、客間のほうが気になってならない。たえずそちらに耳がそば立ち、たえずその人の姿が目の前にちらつく。まるでおちつきが得られない。

そこにはあまくあまく胸にこびる快さがあると同時に、切なく胸をしめつけて来るものがある。思い切りウーンとのびがしたくなる。

(どうもいかん、窮屈千万だ)

と思った。

そこで、女等の食事がすむやいなや、家来共をつけて送り出した。

娘はくりかえし礼を言ってかえって行った。

「やれやれ」

やっと本心をとりもどした気持であった。机に向かって、読みかけの書物をひろげたが、心がまるで書物の中に入って行かない。目は文字を追っているが、心はたえず娘の上に走っている。書いてあることが、てんで意味がわからない。

書物をおいて、考える。

「一体、この気持はなんであろう。一人の男が一人の女のことをたえず思い、たえず気にし、たえず胸をわくわくさせ、そのわくわくは、苦しく、また切ないが、一種の快さを持っている。――伊勢物語によると、かかる気持は、つまり、エヘン、恋である。源氏物語によると……また恋としか鑑定のしようがない。古今集に照らし合わせてみると、そうだな、やはり恋と断定せざるを得ない……」

これまで読んで来た、あらゆる国文学の典籍全部に照らし合わせてみたが、そのいずれも同じ結論が出た。

慶次郎は度を失なった。

「おどろいたなあ。おれが恋をするとは！　ほう、おれが恋をするとは！……」

彼は、自分がどんなにわがままな人間であるか、よく知っている。いやしくもおのれの精神をしばり、おのれの魂を掣肘《せいちゅう》するものは、たとえそれがどんなものであっても、彼は大きらいだ。苦痛だ。だから、これまで、おれには恋など出来ないときめていた。そして、幸か、不幸か、今日まではそうした感情のあらしに出会わないで来た。しかし、文学の愛好者であるから、経験はなくても、知識として、恋とはいかなるものであるか、よく知っているつもりだ。

彼の解釈によれば、恋愛は精神の拘束である、明けても暮れても一つの対象を思いつめて、寝食の間も忘れず、悲喜哀歓《あいかん》し、忽ちにして天上に昇る気持となり、忽ちにして地獄の底にしずむ気持となるのだから、恋する人の心は紐をつけられた手毬とかわるところはない。手毬の運動の一切は、紐の端をつかんだ小娘の心のままに左右される。左右、上下、前後、長短、小娘の心の欲するがままだ。世にこれほど残酷な自由の拘束はない。

「こんなの、真ッ平ごめんである！」

というのが、これまでの彼の恋愛観であった。

「いかん絶対にいかん！」

慶次郎はこの気持を吹っ飛ばすために、馬にでも乗ってみようと思って、厩に行った。するど、そこに、女等につけて村井家にやった家来がかえって来た。

「行ってまいりました」

「御苦労であった。おやじ、礼を申したろう」

「ところが、少しおかしいのでございます。大へんごきげんが悪いのでございます」

「門番が寝坊して起きなかったので、腹を立てているのだろう」

「それならばわかるのでございますが、こちらにたいしてごきげんが斜めであるように見受けられたのでございます」

「ほう？」

「おことばも荒々しく〝娘は受け取った。しかし、いずれ後ほどあいさつにまいる〟と、こう仰せられたのでございます」

「あいさつ？　お礼を申しにとは言わなんだか」

「あの形相《ぎょうそう》ではかけあいでございますな」

「門番の寝坊がきまりが悪いので、そんな工合に言ったのだろう。そんなおやじだ、あいつ」

馬に鞍をおかせて、門まで乗り出して来ると、はげしい蹄《ひづめ》の音を立てながら、村井又兵衛が馬上で乗りこんで来るのが見えた。こちらは馬をひかえて待っていると、パカパカパカと近づいて来るや、いきなり、

「どこへ行かっしゃる？　すぐあいさつにまいると申した口上はとどいていないのでござるか。それとも、逃げなさるおつもりか！」

と、こわい顔をして、嚙みつくような声でがなり立てた。

なんのことか、まるで合点が行かない。あきれて、相手の顔を見つめていると、

「往来から見通しのこんな場所で、この年寄に恥をかかせなさるおつもりか！　さっさと家の中に通さっしゃれ！」

と、またどなり立てる。

三

「慶次郎様、お前様は人の大事な娘を親にことわりなしに、わが家に泊めて、一体どう

いう御了見か、御返答をうけたまわろう」

客間に通るや、膝に四角に手をつき、四角な肩を四角に張り、目に角立てて、又兵衛は威丈高《いたけだか》な調子だ。

慶次郎はあきれた。文句はこちらから言いたいところだ。

「ちょっと待て。話が食いちがっている。わしは……」

「言わっしゃるな！　お前様はお年若、しかもまだひとり身じゃ。その家に親にことわりなしに若い娘を泊《と》めて、世間の口をどうなさるおつもりか！」

「まあ待て。それは飛んでもない言いがかりだ。昨夜のことは……」

「聞かぬ！　なんと言いわけなさろうと、世間の見る目ではもう娘は傷もの。どうして下さる御了見か。性根《しょうね》をすえた返答をうけたまわろう」

「あほうなことを……」

「なにがあほう！　大事な娘を傷ものにされて、武士たるものが黙っておられることか。それをあほう呼ばわりとは、盗人《ぬすびと》猛々しい。きりきり返答さっしゃれ！」

「待て待て、一体、そなたの家の門番が……」

「門番などが、なんのかかわりがござる。お前様と娘と二人だけのことだ。夜一夜《ひとよ》目も結べず、娘の身を案じて明かした親心も思わず、あろうことか、あるまいことか！　さあ、返答うけたまわろう」

しきりに返答をうけたまわろうと、つめかけるくせに、一向こちらに口を利かせない。

なにか言いかけると、火のついたようにガンガンどなり立て、悪口雑言のかぎりをつくした後、

「今日のところはこれにてまかりかえりますが、このままですんだと思ってはなりませんぞ。重ねてまいる。それまでに心をきめておかっしゃい！」

と凄んで、馬を飛ばせて帰ってしまった。

慶次郎はあきれかえった。なにを血迷っているのだと思った。手がつけられないと思った。勝手にさらせとも思った。なにか言って来たら、こんどこそまくし立ててやろうと、手ぐすね引いて待った。

しかし、なにごともなく数日すぎた。

（ははあ、老人さてはいくらか正気にかえったな。いくらなんでも馬鹿馬鹿しい話だからな。しかし、あの気性では悪かったと気がついても、気楽にあやまりには来られまい）

と笑止がっていた。

ところが、意外なところから伏勢があらわれた。

ある日のこと、利家夫人お松に呼ばれて出頭すると、夫人はこう言った。

「慶次郎殿は二十五になられたのですね」

「そうです」

改まって何を考えたのだろうと思ったが、その通りだからその通りに答えた。

「もう嫁女をもろうてもいい年ですの」

ははあ、こうだったのか、と合点したが、軽く逃げた。

「まだ早いです」

「早いことはありません。おじ様などは、その年の時にはもう子供が二人もいましたよ」

「おじ上と拙者とでは人間の出来がちがいます。おじ上は関白様から日本一の律義《りちぎ》者と、折紙をつけられなされたほどのお人柄ですが、拙者はおじ上から、日本一のいたずら者と、いつもお叱りをこうむっている男ですからね。女房なんぞ持っては、女房がかわいそうです」

笑ってはぐらかしたが、夫人の顔が急に引きしまったかと思うと、こう言った。

「添いとげる心もないのに、どうしてあんなことをしたのです」

「え？」

こちらはおどろいた。あほうなおやじめ！　こんなところにまで馬鹿をさらけ出したのかと、腹が立って来た。諸事カンのよい慶次郎にしてはおそすぎるさとりであった。飛んでもないところから伏勢に襲いかかられた気持であった。やはり経験のないことだと、こんな不覚があるのだな、と、おぼえずニヤニヤと口許がゆるんだ。これがまた悪かった。

「笑いごとじゃありません。どうするつもりです。又兵衛は大へんなけんまくですよ。

おじ様もお腹立ちです」

　と、夫人はこわい顔をした。

「又兵衛が何と申したか存じませんが、拙者には露覚えのないことです。飛んでもない言いがかりです」

　慶次郎はことの次第をくわしく物語った。つじつまのぴったり合った、筋道のはっきりした話だ。夫人は熱心に耳を傾けた。

「間違いありますまいね」

「ありませんとも。本阿弥光悦殿が証人になります」

　夫人は張合いぬけしたように溜息をついて口をつぐんだが、すぐ、

「でも、それはそれとして、貰ったらどうです。まだ早いとお言いだけど、いつまでもひとり身でいられるものではなし、いずれは貰わなければならないものです、あの娘《こ》をもらいなさいよ。いい娘ですよ。家柄といい、器量といい、心ばえといい、申しぶんないじゃありませんか。時々ここへも遊びに来ますが、わたしはいつもいい娘だと感心しているのですよ」

「まあ、考えておきましょう。しかし、こんな馬鹿げたきっかけでもらうのはいやですな。この問題を又兵衛があなた方に申し上げたのも面白くありません。おのれの早合点からおこった誤解をあなた方のお耳に入れるなど、村井又兵衛ともある者にあるまじき軽率さですよ。おだやかに礼を言って引き取ればなにごともなくすんだものを、唐辛子

をなめさせられたムク犬のようにギャアギャアさわぎまくって、われ人ともに苦しめるのです」

ほんとを言うと、この事件について、慶次郎はそれほど又兵衛に腹を立てているわけではなかった。あのおやじらしい一徹さから出た御愛嬌だくらいに考えて、一種のおかしみしか感じていなかった。しかし、こうして話していると、だんだん本気に腹が立って来た。

聞いているのか、聞いていないのか、夫人はぼんやりした顔で、秋風のわたっている外の明るい庭を見ていたが、その目をこちらに向けると、言った。

「しかしねえ、慶次郎どのや、あなたはおっしゃるとおり潔白なんでしょうけど、世間の見る目はそうは行きませんよ。このことはまだ世間には知れていないようですが、こんな話というものはすぐ広まるものでね。そうなったら、あの娘を世間は傷ものあつかいにするのですよ。可哀そうだとはお思いではありませんかえ」

それは大いに可哀そうだ。こうしておばの言うことを聞いているさえ胸が痛む。しかし、そうであればあるほど、又兵衛の軽率さが腹立たしい。

「又兵衛が悪いのですよ」

「又兵衛は悪いにしても、あの娘をあわれだとはお思いでありませんか」

「それは思います。しかし、又兵衛がしでかした間ちがいの尻ぬぐいを、拙者がしなければならないという法はありますまい」

「それでは、又兵衛が思いちがいであったと、あなたにあやまれば、あの娘をもらいますか」

「それは別問題です。今のところ、拙者は女房などほしいとは思っていないのです」

「さっきは考えてみると言いなさったじゃありませんか」

「考えてはみますよ。大いに考えてはみますがね」

「がね――どうなのです」

「とにかく、考えてみますよ」

面倒くさくなって、いいかげんにごまかして、その日は引き取ったが、それ以来、三日にあげず夫人から呼び出しがある。

うるさくてならない。なんとか方法はないかと、米丸村に行って、光悦に相談してみた。

すると、光悦は、

「もらったらどうです。いいお嬢様ではありませんか」

と、いとも無雑作に言った。

「拙者はことわる方法をうかがいにまいったのですよ」

「しかし、そこ様はあのお嬢様をおきらいではないのでしょう」

「きらいではありません」

「好きだとおっしゃい。先夜、てまえはそう鑑定しました。この鑑定、ちがいはないつもりです」

　こちらはうろたえながらも、ともかくも切りかえす。

「よしんば好きにせよ、そう簡単には行きません。結婚ということは生涯の一大事ですからな」

「あのお嬢様なら、もらって後悔なさることはありません。あの時お目にかかっただけですが、てまえは太鼓判をおして保証します」

「本阿弥の折紙つきというわけですか」

　と笑いながら言ったが、

「さよう。きわめつきです」

　と、光悦はおおまじめであった。

　こんなことから、慶次郎と村井家の婚約が出来た。誰よりもよろこんだのは利家であった。

「めでたい、めでたい」

　と、しきりにめでたがって、祝言のあかつきには二千石の加増をくれるとの内意までもらした。

　慶次郎だって、話がきまってしまうと、もともといやではないのだから、大いに心楽しい。

　時々村井家に遊びに行くと、必ずお篠《しの》――婚約が出来て、はじめてその名を知った

――があいさつに出て来る。恥らいながらも親しみのこもった態度が、なまめかしく、可愛らしく、初々《ういうい》しく、こちらの胸をほのぼのとあたたかくする。世間話くらいかわすこともある。和歌の添削《てんさく》など頼まれることもある。まだ幼い作歌だが、素質は悪くないようだ。

経験してみると、なるほど、恋愛は精神の拘束であるには相違ないが、楽しい拘束であると合点した。

あらゆる文学書は、この拘束がやがて痛苦をまじえたものとなると叙述しているが、今ではそれが信ぜられなくなった。

「おれのはちがうのかも知れない」

と、思うこともあった。

「文学書に書いてある恋は、文人の特別な趣向になるゆがんだ恋なので痛苦に満ちたものになるのかも知れない」

とも思った。

文人こそいい面《つら》の皮だ。

光悦が京へかえったのは、その頃のことであった。

「来年まいれば、おむつまじい御夫婦ぶりを拝見出来るわけですな」

別れる時、光悦はこう言った。

六条柳ノ馬場

一

婚礼の日取りは十二月はじめときまった。

慶次郎の屋敷はにわかにいそがしくなった。

家の修理、たたみ建具の手入、家具の買い入れ、衣服の新調、等々。むやみにいそがしく、むやみにさわがしい。

用人にまかせてはいるが、それでも、時には自分がさしずしなければならないこともある。人の出入りが多く、邸内の空気がざわつき、落ちつきのない日がつづく、落ちついて書物も読めない。

といって、そうそう村井家を訪問するわけにも行かない。世間がうるさい。婚約者の家だからといって、そう頻繁に出入りするのは当時の風習でない。女にあまい柔弱ものであると批判されることは必定なのだ。世間なんぞなんと言おうと、したいと思うことはしないではおかない慶次郎だから、それはかまわんとしても、村井家だって、こちら以上にいそがしがっているのだ。行くわけにはいかなかった。たいくつ千万であった。

ある日の早朝、門前に出ていると、知り合いの鷹匠《たかじょう》が通りかかった。鷹匠頭巾をかぶり、足ごしらえも厳重に、どこか野駆けにでも行くような姿だ。

「どこへ行くのだ、この早朝から?」

と聞くと、

「鷹をとりにまいります。御一緒にいかがでございます。面白うございますよ」

とさそった。

面白そうだ。第一、一日のたいくつが救われる。

「よし、行こう。連れて行ってくれ」

待ってもらって、大急ぎで支度して、出かけた。

場所は金沢の城下を東に出はずれ、一里ほど山に入った谷にのぞんだ杉林の中であった。林の中に一部分、十間四方ばかり、大きな木がなく、灌木の散らばっている草地がある。そこに、鷹のワナがしかけてあった。

一坪ほどの地域の三方に六尺四方ほどの網を張り、網のない側に木の枝や茅《かや》でたくみに偽装した小さな小屋があった。

「鷹はあそこにいるのです」

鷹匠は谷の向こうの林を指さした。そこもこちらと同じく杉林であるが、こちらよりずっと木が大きい。二人や三人ではかかえきれないほどの見事な杉が、山の斜面を這い上がり、尾根の向うまで生えひろがっている。

「こちらにさそい出すのか」

「さようでございます」

鷹匠はふところから小さい撞木《しゆもく》を出して、網場の中央の地面につきさし、腰にさげた袋を解いて、一羽の鳩をつかみ出した。

鷹匠の手の中で、鳩はまるい目をみはり、びっくりしたような顔で、ククウ、ククウ、と鳴いていたが、鷹匠が足にヒモを結びつけようとすると、急にあばれ出した。はげしく翼をばたつかせるたびに、羽毛が飛び散って、日のあたっている灌木の間を、ふわふわとただよいながら飛んで行った。

ほどなく、鷹匠は鳩の足を撞木の横木にゆわえつけてしまった。撞木には長いヒモがつき、そのはじは小屋の中に引きこまれる。

「さあ、出来ました。小屋に入りましょう」

しゃがんでいても天井に頭がつかえるくらいひくい小屋だ。せまくもあった。肩をすりよせて、やっと二人入っていることが出来た。茅《ち》ガヤで織って、木の枝で偽装してある前方の壁に、一寸角ほどのノゾキ窓があって、そこから網場を見張るしかけになっている。

のぞいてみると網にしきられた空間だけが見えた。素枯《すが》れた短い草の生えた中に、ひくくつきささった撞木の上で、しきりに鳩があばれていた。どう羽ばたいても足がくっついてはなれないのを、そんなことがあるはずはないと思うかのように、いくどもいくども羽ばたく。

間もなく、疲れたのか、あきらめたのかしずかになって、ククウ、ククウ、と、鳴いた。鷹匠は小屋に引きこんだヒモのはじをグングンと引いた。足許がゆれるので、鳩はおどろいてまたあばれはじめた。どうしても離れない赤い小さい足がねじ切れよとばかりに羽ばたく。あわれであった。

こんなことをしばらくつづけているうちに、どこか空の高いところで鈴をふるような澄んだ鷹の鳴き声がした。ここからは見えないが、輪をかけてまわっているようであった。

「どれ、おかわり下さい」

鷹匠は慶次郎にかわって、ノゾキ窓に目をあて、鷹笛《たかぶえ》を吹きならしながらしきりにヒモを引っぱった。鳩は必死にあばれているらしく、羽ばたきの音がたえなかった。

鷹匠の顔がきびしく緊張して、あごのあたりの線が青白むばかりに引きしまって来た。その緊張が極度に達した時であった。一陣の風が吹きつけて来たように、サーッとあたりの空気が鳴りわたったかと思うと、忽ち前の網場の灌木にはげしい音が立った。

「そらかかった!」

鷹匠は前面の壁を蹴破って飛び出した。慶次郎も飛び出した。

鷹匠は網にからまっている鷹を片手でおさえ、片手で網からはずそうとしていた。鷹はおそろしい形相《ぎょうそう》になっていた。全身の羽をさか立て、琥珀色の目をきらめかし、刃物のように鋭い口ばしと曲った爪とで、必死に抵抗した。鷹匠は巧みにその抵抗をさけ、どこから出したのか、大きな袋をかぶせ、袋の口をきびしくしばり、身動きできないようにして、その場にころがした。手なれた、すばやいさばきであった。

「あざやかなものだな」

「居さえしますれば」

と、鷹匠は得意そうであった。顔が昂奮に赤らんでいた。

これで、この日はたいくつしないですんだので、慶次郎はいい気持で、その夜は少し酒など飲んで寝についたのだが、間もなく、

「あッ！」

とさけんで起き上がった。行燈《あんどん》にいそがしく火を点じ、はげしい勢いで座敷中を二、三回歩きまわった後、うなりながら坐った。

「よくもたくらんだ。よくもたくらんだ」

こぶしをかためて、自分のひざをたたいた。

「おれが鷹、お篠が鳩だ。鷹匠は誰か？」

又兵衛？

どうして、どうして、あのおやじにこの腹黒い策が立つものか。あいつはいくら気張ったところで、せいぜい、撞木だ。

鷹匠役はおじ御にきまっている。女房でも持たせたら、いくらかおとなしくなるだろうという所からのたくらみにちがいない。

おば御は、もちろんひと役買っている。しかし、これは深いたくらみは知らんで、言いつけられた通りに動いているだけだろう。

では、光悦どのはどうだろう？

臭い。ふんぷんたるものだ。野々市で庄屋に、女等のことを最初に聞いた時の、あの人のとりしきったとりまわしもこれで腑におちる。あの日の野宴も、頃合いに夜を更けさせるために仕組んだものにちがいない……

朝の風に霧が吹きはらわれたように、一切のことが今は明瞭だ。

「どうしてくれよう」

きびしい顔をして、慶次郎は思案しつづけた。薄い寝衣をとおして夜の冷気がせまって身ぶるいが出たが、それも意識しないで考えつづけていた。

二

数日の間、慶次郎は一切外出しなかった。居間にとじこもって、工夫をつづけていたが、ある日、それまでずっとおだやかな小春の日よりがつづいていたのがくずれて、その年はじめての雪が降り出した日、登城して、利家の前に出た。

利家はこの時五十四歳であった。若い時は猛勇な戦士として、中年以後は沈着な武将として、火を擦《す》るばかりにはげしかった時代を、極度に心身を酷使して生きぬいて来たので、年以上にふけて見えたが、骨組みの大きな体格はなおがっしりとして、大きな巌のような堂々たる座容《ざよう》があった。

「おりいって、お願いがございます」

慶次郎はつつしんだ態度と調子で言った。

「なんだ。改まって」

この甥にたいするいつものくせで、利家の目には早くも警戒の色が出てくる。慶次郎は一層つつしんだ様子になる。

「この度、おじ上はじめ皆様のおかげで、拙者も、いよいよ妻帯することになりましたにつきましては、一つには報謝の微意を表するため、一つには色々と拙者も考える所があり、これまでの行状をすっかり改め、生れかわった心で将来に処して行きたいと思いますので、その改過遷善《かいかせんぜん》の記念のため、ふつつかながら、おじ上にお茶一服奉りたいのでありますが、お出でをいただけましょうか」

利家は口数の少ない人だ。ぽつりと言った。

「茶事《さじ》をするというのだな」

「はい」

「いつだ？」

「拙者に最も好都合なのは明早朝でございますが、御都合では日を改めてよろしゅうございます」

「相客《あいきゃく》は？」

「唯今申し上げたような意味合いの茶事でございますので、おじ上お一人にさし上げたいと思っています。しかし、特に御所望の相客がござるのなら、仰せ聞け下さいますよう。その者に御相伴を頼みます」

「いやとくべつ所望はない。行こう。そちが心を改める記念のための茶事とあっては、行かんわけにも行くまい」

「早速のお聞きとどけ、ありがたく存じます。それでは、お待ち申しています」

帰宅すると、すぐ支度にかかった。婚礼の用意のためにいそがしがっている用人は、このいそがしい最中、てまえに断りなくさような催しをなさってはこまりますと、不服を言った。

「すまん、すまん。しかし、もうきめて来たのだ。相手がおじ御だ。今さら変更は出来ん」

となだめて、自らさしずして、手を下して、茶室を掃除し、降りしきる雪の中におり立って露地の落葉や蜘蛛の巣をはらい、夕方までに一切の準備を手落ちなくととのえた。

その夜、慶次郎は宵のうちにほんの一時間ほど眠っただけで、二更頃（十時）にはもう起きて、居間でなにやらしていたが、夜なか過ぎてしばらくすると、家来共をおこして、道筋の要所要所に見張りのために送った。自分は茶室の炉に火を入れかえ、篝をとって、露地の飛石や門前から玄関までの雪をはらった。雪は宵すぐる頃にはやんだので、露地の竹木へ積み工合も頃合いだ。露地口に立ってながめると、そうした竹木のたたずまいの奥の、雪をいただいた茶室からほのぼのと燈火の漏れているのが、ものさびた中にも、一脈の艶な風情をそえて、心にしむばかりだ。

間もなく、最初の報告が来る。

「ただ今お城をお出ましでございます」

「馬に乗っているか」

「松風にお召しでございます」

「よしよし」

報告は次々に来る。

慶次郎は時刻をはかって門に出迎えた。空はまだ暗いが、雪で地上は明るい。利家は老いた身をかがめるようにして松風に乗っていた。暁の寒気のきびしさに、松風の吐く呼気が濃い白い湯気となっていた。

「これはこれは、この寒さにお早やばやと」

慶次郎は、松風の口を取っている仲間にかわって、自ら口綱をとって玄関にみちびいた。利家をおろし、仲間をふりかえった。

「寒かったろう。酒があたためてある。あちらへ行って飲め。御乗馬《ごじょうめ》は当方でお世話する」

自ら厩にひいて行って、すぐ待合の利家の前にかえって来た。

利家は山のように火をおこしてある大火鉢に両手をかざし、打ちかえし打ちかえしあたたまっていた。骨太《ほねぶと》で頑丈な手は、ヒモのように太い静脈が浮き出して、しわだらけだ。

「お寒うございましたろう」

「寒かった。年だな」

「風呂をわかしておきましたから、おあたたまり下さい」

夏はすずしく、冬はあたたかに、というのが茶の湯の本則だ。寒い日に客に入浴させるのは、茶の湯では普通のことになっている。

「御案内いたします」

手燭に灯をうつして、暗い廊下を湯殿に連れて行った。

脱衣所に利家をのこして、慶次郎は湯殿に入った。壁についた棚に鉄のワクのはまった行燈があって、おぼろな明りをひろげていた。湯槽《ゆぶね》のふたをはらって、手でかきまわしながら言った。

「加減を見ます」

「おじ上は熱加減《あつかげん》の風呂がお好きでございましたな。丁度よいようであります」

利家は着物をぬぎ、ぬれた板の間をわたって湯槽に近づいて行く。影のおとろえている割にはからだはがっしりとたくましく、一生の武功を語る全身の傷あとがすさまじかった。けれども、寒気のために黄色くなった皮膚は、鳥肌立ってなまじたくましい体格だけに、羽をむしられた軍鶏《しゃも》を連想させるものがあった。

ゆっくりと湯槽のそばにしゃがみ、寸時の後の入浴の快さを予想しながら、手拭をしめしにかかったが、その湯は普通の湯と少し感覚がちがっていた。

「はてな」といっては悠長にすぎる「あ！」といっては早きにすぎる。その中間くらいの速さで、

（あ！　これは水だ！）

という判断が来て、頭のてっぺんからつきぬけるようなおどろきとなった。

同時に、「なぜ水を？」という疑問が、いたずらばかりする慶次郎の性格に結びついた。

「おのれ！」

と、反射的に立ち上がったが、途端に、強い力で足許をすくわれ、上体が前にのめったかと思うと、満々《まんまん》とたたえ、夜一夜《よひとよ》くみおいて、雪の寒夜《かんや》を冷やしに冷やしぬいた寒水の中に、まっさかさまにたたきこまれていた。

すさまじい音とともに天井まではね上がり、そこから滝になって落ちて来るしぶきの中に、したたかに水をのみ、もがきにもがきながら利家はやっと立ち上がった。

「おのれ、しれ者！」

烈火の怒りをもって絶叫した。湯槽をおどり出し、捕えようとしたが、慶次郎はもう

そこにいなかった。湯殿の外に飛び出し、はげしく戸をしめ、爆発するような哄笑《こうしょう》をおくりながらひやかした。

「年寄の冷水の味はいかが？」

「ばかめ！　開けろ！」

じだんだふんで、破れよと戸をたたくと、また笑って、

「慶次郎は深山の鷹、網を破って九天の上に翔《かけ》り去ります。御乗馬をいただいて行きますが、これはしばらく腹黒い策略にだまされていた、だまされ代と思し召していただきましょう」

といって、風のように駆け去った。

三

一時間の後、金沢の城下から、松任《まっとう》、小松、大聖寺《だいしょうじ》などの町々をつらねて越前北の庄（福井）に向う街道を、流星のような速さで馬を飛ばしている武士があった。

一面の雪に閉ざされた加賀平野を一筋につらぬく街道を、人馬一体となって疾駆して行くその姿は、蹴立てる雪が吹雪となって包んで、その影がはっきりとわからなかったが、それは駿馬松風に乗った慶次郎であった。

十五里の道を半日のうちに乗り切った慶次郎は、正午ごろ、白山山脈から西に岐《わか》れる山脈をこえる牛の谷峠に立った。大日《だいにち》、小大日《こだいにち》、富士写《ふじうつし》、剣《つるぎ》、苅安《かりやす》等の山々をつらねて

日本海になだれこむ山脈だ。峠は加賀と越前の境になっている。

慶次郎は馬を峠の頂点にのりとどめて、やや長い間、うしろをふりかえっていた。つい先刻まで晴れていた空に雲がひろがり、山も野もどんよりとした灰色の光につつまれ、遠くは雲に閉ざされて見えなかった。陰鬱な景色であったが、それを見つめている慶次郎の目にも深いかなしみの色がたたえられていた。彼の胸にはお篠のおもかげがあった。うなだれて咲いている白い百合の花のようにかなしげなお篠のおもかげが。

「しかたはなかったのだ。ゆるしておくれ、ゆるしておくれ……」

とつぶやいた。

こんなに愛していながら、なおそれをふり捨てて飛び出さずにいられなかった自分の性質が、この瞬間には厭《いと》うべきもののようにさえ思われた。

しかし、その目をかえして、行く手の山と山との間にうねうねとうねりながら次第に下りになってつづく一筋の道を見ると、この道が北の庄につづき、北の庄から京に、京から天下の至るところにつらなっているのだと思って、胸はからりと鳴ってひらけた。

「おれは深山《みやま》の鷹、自由こそいのち！」

おりから雲がきれ、明るい真昼の陽の光は、眼下の山々、平野、はるかな川に、黄金の征矢《そや》のように射そそぎ、それらを一斉にもえ立つ炎のようにかがやかせた。万象が声をそろえて歓呼する感じであった。

慶次郎は、幸若《こうわか》の唄を口ずさみ、はずみ切っただくを松風にふませながら、峠の道を下って行った。

　これは山王の神のつかわしめ、
　赤いトッサカ、立烏帽子
　黄金の御幣のきらきらと、
　日枝の山々いくめぐり
　柿をたずねていくめぐり
　　ヤア、ポン。ヤア、ポン。

四

　慶次郎は一先ず京へ出て、本阿弥家へ身を寄せた。

「おや、どうなさったのです。御婚礼は十二月はじめとうけたまわりましたのに」

光悦がおどろいて言うと、慶次郎はハハと笑った。

「書中美人アリ、顔《カンバセ》花ノ如シ、という唐人の詩句がありましたな。拙者には生きた美人より、書中の美人の方ががらに合っていることがわかりましたのでね。あれはやめることにしました」

「やめるといって……」

「生きている美人は、かれこれと男を縛りますのでね。それに、拙者は人のつけてくれた道を歩くのが至ってきらいでしてね。自分の道は自分で見当をつけて、自分でえらんで、自分流儀に歩きたいのでね」

「先様でよく同意されましたね」

「同意などもとめません。拙者は勝手に飛び出して来ました」

「それでは先様が気のどくだ！」

光悦のことばは叫ぶようであった。

慶次郎はニコリと笑った。

「この話は、おたがいにやめたほうがよさそうですぞ。責任は拙者より、段取りをつけた連中にあるわけですからな」

こう言われると、光悦も何にも言えない。かすかに嘆息をもらして黙った。

光悦の屋敷に身を寄せてから、しばらくすると、加賀から家来等が上洛して来た。

「殿様は大へん御立腹で、追手をかけて討ち取るとまで仰せられた由でありますが、御家老様のお諫《いさ》めによって、やっと思いとどまりなされたとのことでございます。それからまた、御家老様のお差紙《さしがみ》で、家財はすべて自由の処置にまかせると申してまいりましたので、持ち運びにくいものは望みの向きに払いまして、その代銀はここに持参いたしました。持ち運び易いものは、あとから御用人が宰領《さいりょう》して持ってまいられます」

といって、家来は銀子の包みをさし出した上で、さらにつづけた。

「御家老様の御心中を察し上げますと、わたくし共心ない者でも胸が痛みます。しかもそれよりいたわしいのは、お篠様のことでございます。加賀には居づらいとて、夜も昼も涙にくれておいでの由でございます」

ていねいで婉曲なことばではあるが、家来は慶次郎の気まぐれ、つまりわがままを責めているのであった。

慶次郎の胸はいたんだ。人に言われるまでもなく、彼もまた苦しんでいるのだ。

「よしよし。もう言うな。いたし方がなかったのだ。おれだってつらくないことはないのだ」

数日の後、慶次郎は光悦の世話で下加茂の社家町に寓居をもとめて引きうつった。古びた木立につつまれ、庭には加茂川の水をひきいれた泉水の音がさらさらと鳴って、閑《かん》寂《じゃく》な上にも閑寂で、古雅な屋敷であった。

それから間もなく、朝鮮出陣の動員令が下った。朝鮮を経由して大明《だいみん》に入るつもり故、皆々その準備をすべしという秀吉の命令は、去年九月すでに諸大名に出されているが、ついにそれを実行にうつしたわけであった。

「やれやれ、本気だったのか。せっかく、太平の世になったというのに、外国に踏み出して戦さしようというのか。まるでわからん量見だな」

と、人々はおどろいた。

二月に入ると、諸大名の軍勢がぼつぼつと西に向かいはじめた。京都から東の国々にある大名等の軍勢は、皆京に立ち寄り、秀吉に暇乞いしてから出発するのだ。はじめはぼつぼつであったが、次第にそれは多くなった。

この頃のある日、慶次郎が本阿弥家に遊びに行くと、光悦が、

「どうです。遊廓《くるわ》に行ってみませんか」

と、さそった。

慶次郎は行くとも行かないとも答えず、ただこう言った。

「大へんな景気だというではありませんか」

「高麗行の軍勢で、なかなかのにぎわいだそうですよ。ちょいとその景気のほどを見て来たいのですよ。いかが」

「行ってみましょう」

二人は廓に向かった。

五

当時の京の廓は六条柳ノ馬場《ばんば》にあった。以前、京の遊女は市に散在していた。これでは取締り上こまるというので、数年前、秀吉がここに一廓をきめて、ここ以外では営業をゆるさないことにしたのであった。

「なるほど、こりゃすごい」

一歩くるわに入ると、慶次郎は舌を巻いた。三味線が鳴り、歌声が湧き、酔いだみた

荒々しい怒号がひびき、キャーッ！　と恐怖半分、ふざけ半分の女の悲鳴がつっ走り、ドカンドカンと荒々しい足音が家鳴り震動を呼び、あたたかくうららかな春の日ざしの中に、くるわ全体がぐらぐらと煮え立っている感じであった。

ともかくも、光悦のなじみの揚屋《あげや》の一室におちついた。

二人の遊びは至って物静かだ。ひくい声でぽつりぽつりと話をかわしながら、なめるようにして盃をほす。楽しそうに笑いはするが、それも、大きな声では笑わない。おちついて、渋く、ひくく、ハハ、ハハ、と笑うのだ。だから、くるわ全体が沸き立っているなかに、このへやだけは真空地帯のようであった。

戦地に向かう将士等の狂気じみた荒々しい遊びにならされている女等にとって、こんな座敷は窮屈であるらしい。酌をするのもお義理で、ひどくつまらなそうに見えた。しかし二人は一向気にとめず、二人だけの会話を悠々とつづけていた。

すると、とつぜんだ。この家の、どこの座敷でだか、「ヨイサ、ヨイサ、ヨイサ、ヨイサ」と意味もないはやしが起ったかと思うと、総おどりでもはじまったのか、手拍子足拍子につれて、家全体がふるえ動いた。木組みがめきめきときしり鳴り、天井裏からばらばらとほこりが落ちて来た。

「さかんだなあ」

慶次郎は天井を仰ぎ、ほろにがく笑った。

「なにしろ、異国の戦さに行くというのですからね」

と、光悦も苦笑する。

「おさわぎになるのはかまわんが、盃にほこりのこぼれこむのは閉口ですな」

慶次郎はほこりの黒くおどんでいる盃を光悦に見せて、ザブリと盃洗にあけた。女がすかさず酌をしてくれる。それを飲みながら、慶次郎はその女に言った。

「お前、山王のお猿さまはおん年いくつになられるか知っているか」

女はびっくりした。

「存じません」

「五十六になられたんだよ」

「へえ？　どうして五十六なんですの」

にこりともしない慶次郎の顔だが、からかっているらしいので女はキョトキョトしていた。

「五十六年前にお生まれになったから五十六さ。そういう勘定になるだろう」

「ほんと？　そんな年とっていなさいますの。そんなには見えなかったけど。あたし、去年坂本詣りした時、見ました。御本殿の横の杉の枝に、チョコナンとすわって、お詣りの人のあげたむすびをおいしそうに食べておいででしたよ。可愛いッたら。あれでもう五十六にもおなりなんですかね」

と、もう一人の女は勘がにぶく、ひどく熱心に言う。

「ほう。むすびをね。むすびを食べるくらいのことで遊んでおいでだと、まことに結構なお猿さまなのだが……」

といって、光悦に向かって、

「五十六では、まだもうろくには早いですな」

「そうですな」

と、光悦はにやにやした。

「しかし、今度の思《おぼ》し立ちは、たしかにもうろくですな。そうとしか考えようのない暴挙です」

「木登りは木で果て、川流れは川で果てるというではありませんか。光悦殿のようにそう達観してしまっては話にならない。本人だけが一人で苦しむのならかまったことではないが、天下ことごとく道連れにされて難儀しなければならないのだから、こまります。しかし、なんとかならないものでしょうか。大名衆は一体どう考えているのでしょうか」

「よろこんでいる人はひとりもありますまいな。ずいぶん色々な話を聞きますから」

「それでいて、どうにもならないのですからね」

「あんなにえらくなると、諫言《かんげん》も奉りにくいのでしょうな」

「亢竜《こうりゅう》、悔《くい》あり、ということばには、その意味もあるのですかな。はじめて知りました」

山王のお猿さんの話だと思っていたら、へんにむずかしい話になったので、女等は退屈そうであった。一人は生あくびをかみころしており、一人はほかの座敷のばかさわぎがうらやましく、そちらに耳をかたむけていた。

「少しさわごうか。唄でもうたえ」

ポルンポルンと三味線が鳴り出し、女等がうたい出し、少し座が浮き立って来た時であった。にわかに戸外にさわぎがおこり、乱れた足音が右往左往してみだれ立った。

「喧嘩だ、喧嘩だ！」

「ほら抜くぞ、抜くぞ！」

と、こんな声も聞こえて来た。

町中に湧いていた絃歌のさんざめきがハタとたえ、外のさわぎが一層ひどくなったかと思うと、この家の方々の座敷からも、ドヤドヤと外になだれ出して行く足音があった。この女等も見に行きたくてならない風であった。

「やれやれ、飛んだ余興だぞ。何がはじまったか、お前らも行って見て来い」

と、慶次郎が言うと、先を争って出て行った。光悦は笑って言う。

「どうしたものですかな。女が血なまぐさい斬合いさわぎを、男より好くのは」

「男には普通のことだけど、女にはめずらしいからではないでしょうか」

「さアてね。そう簡単に言えましょうか。ずっと前、丹波から来る猟師に聞いたことがあります。鹿の交尾期には、雌を争って幾頭かの雄が果し合いをして、最後まで勝ちのこったのが、全部の雌の亭主となるというのですが、その果し合いのはげしいことといったら、あのおとなしい鹿が血みどろになっていどみ闘うというのです。ところが、その間、雌のやつは澄ました顔で見物しているといいます。このことと、人間の女が男の血なまぐさい斬合いさわぎをうれしがって見ていることとの間には、何か関係はありませんか。つまり、人間といわず鹿といわず、雌というものの本性の奥底にはなにか不思議なものがありますよ」

「どういうことになりましょう。人間でも、鹿でも、雌は強い雄が好きということになるわけでしょうか」

「多分ね。ひょっとすると、これは強い子孫を生ませて生物を栄えさせようという造物《ぞうぶつ》者《しゃ》の意志のあらわれかも知れませんぞ」

浮世ばなれした話をのんびりとつづけていると、女の一人が走り帰った。

「普通の喧嘩ではございません。敵討でございます。敵を討とうとなさるのは、まだ十五、六の美しいお若衆ですのに、敵方には助太刀の人が大勢いるのでございます。お可哀そうに、返り討ちになられましょう。それはそれは美しい方ですのに」

青くなって、涙ぐんで、身も世もあらぬ風情だ。

慶次郎は盃をすてた。

「ほんとか！」

「なんでうそを言いましょう。早く行って助けて上げて下さいまし」

慶次郎は刀を引きよせて、

「ちょっと失礼します」

と、光悦に言って、立ち上がった。

名古屋山三

一

年頃は十六、七、匂うように血色の美しいふっくらとした頬や、黒く澄んだ切れ長の目や、きめのこまやかなやや長めの青いほど白い首筋や、ひたいから頬にかけてはらりとこぼれかかる漆黒の前髪に女よりも艶冶《えんや》な美しさをもった少年であった。

すらりとしたからだにまとったのは振袖ではない。脇をとめた仕立《したて》ではあるが、濃い紫の匂い染めの紋服で、袖の下部に乱菊を染め出してある。紫紺《しこん》の地に色糸で亀甲《きっこう》を織り出した袴をはき、金糸と銀糸とで引両《ひきりょう》を繡《ぬ》い出した猩々緋《しょうじょうひ》の陣羽織を羽織って、目のさめるように華美な服装であった。

とつぜんの敵討さわぎにぴったり内からしめきった娼家の大戸《おおど》を背に、白糸づか黄金づくりの刀のつかに手をかけ、沈着な目で相手をにらみすえている。かすかに青白い緊張の色が眉のあたりにありはしたが、恐怖している様子はない。

その相手だが、これは鬼のような荒武者だ。身のたけ抜群、全身力《ちから》のかたまりのように筋骨隆々として、荒くれた顔には逆ひげまで生えている。たけだけしい目を飛び出すばかりにむき出し、天秤棒のように長い刀のつかをつかんで、少年をにらんでいた。しかも、その荒武者のうしろには、同じように荒々しい姿の、いかにも強そうな武士が、およそ二十人ほどもならんで、口々に声援していた。

どこか、奥州あたりの、なまりの強い、聞きとりにくいことばだが、こう聞かれた。

「心安う立会えい！」

「ふみこんでしかけい！」

「朋輩のよしみ、りっぱに後ろ見すべい！」

誰が見ても、これは尋常な立合いとは言えないのに、一人として少年に味方する者はないようであった。道の左右前後に黒山のようにむらがっている見物人の大部分は武士であるが、しずまりかえって見物しているだけだ。

憤《いきどお》りと侠気とが、慶次郎の胸にわきおこった。おそろしい勢いで人々をかきわけて前に出、刀の下緒《さげお》を解いてたすきにかけるや、

「たとえ朋輩のよしみであっても、年若い者が敵を討とうとしているのに、敵側に助勢するとはけしからん田舎もの共だ。義によって、おれが助太刀する。助勢の有象無象《うぞうむぞう》どもも、おれにかかって来い！」

と言うと刀を引きぬいた。

慶次郎の剣術は師伝による組織立ったものではない。千軍万馬を往来している間に自

然に身についたものだ。

「そら！　行くぞ！」

とさけんだ時には、まっしぐらに敵中に駆けこんでいた。

相手方は、さわぎ、うろたえ、飛びすさり、たがいにぶつかったり、刀のこじりをからましたりしながら、抜刀した。口ぐちにさわぎわめいた。国なまりの強いことばで、よく聞きとれなかったが、どうやら〝ちごう、ちごう、思いちがいするな！〟といっているようであった。それを、慶次郎はこちらの勇気をたわませる計略と思って、一層の怒りに燃え立った。

「見損うな、田舎者共！　その手にのるか！」

とどなりつけ、少年に、

「そこな若衆殿、このがらくた共は拙者が全部引き受けた。心おきなく戦って、早々に本懐をとげられい！」

と呼びかけつつ、一層のはげしさで斬り立てて行った。

「心得ました！」

少年はさけび返す。乱菊の袖がひるがえり、猩々緋の陣羽織がなびき、色美しい鳥がはげしく羽ばたいて舞い立つように見えたが、裂帛《れっぱく》の掛声とともに、相手におどりかかった。

「おお！」

相手は牛の吠えるようにわめき、天秤棒のような刀を抜きはなち、力いっぱい横にはらった。しかし、少年の身軽さは電光のようであった。さっと身をしずめて内ぶところにおどりこみ、下から逆に斬り上げ、たじろぐのを燕返しに上から斬りおろし、忽ち身をひいて前の位置にかえった。やや切っ先下がりの正眼にかまえた黄金造りの刀のかげから、水のように澄んだ目で見ている。いきづかいもしずまった姿であった。

するとと、意外なことがおこった。仁王のような立ち姿でいた荒武者の切っ先が小さくふるえはじめたかと思うと、左の手をつかから離して左の頰先《ほおさき》をおさえたが、忽ちその手は真赤に染まり、血はなお手のはずれから、指の間から、ふっこぼれるようにほとばしった。頰から唇にかけて、パクリと傷口があいているのであった。

一方、多勢の方は、阿修羅のように荒れに荒れて斬りこむ慶次郎の鋭い刀法をあしらいかねて追いつめられた武士等は、必死の声をふりしぼりさけんでいた。

「思いちがいさっしゃるな！　……これ、違うつうに！　……あッ！　これ、あっ！　……かたきは、かたきは……向こうなんじゃつうに！　……あッ、これ危い！　……少、少、少、少年の方が、かたきなのじゃ……あッ！　これ！」

「なにを、たわごと！」

耳にもかけず、慶次郎は荒れくるっていたが、ふと心にからむものがあった。〝おかしなことを聞いたぞ、たしか少年の方がかたきと言ったようであったな〟と思った。

信ずる気は毛頭なかった。どこまで卑怯なやつらだと腹が立った。

しかし、相手方が最初から〝誤解するな〟とか、〝ちがうのだ〟とか、言いつづけて来たことも思い出された。

（こりゃア、聞きながしに出来ん。万一にもそうだとすれば、とんでもない間違いだぞ。おれは滑稽千万なことをしていることになる。一応確めてみる必要がある）

心がきまると、ためらいはない慶次郎だ。さっと飛び退って問いかけた。

「おい、今言ったことをもう一度言ってみてくれい！」

「かたきは向こうじゃつうのじゃ。少年のほうじゃと申しますだ」

「そこのところをもう少しくわしく聞きたい」

斬合いのさなか、悠長きわまることだが、やむを得ない。

「われわれはもと奥州葛西《かさい》家の浪人にて唯今は伊達の家中にまかりある者共でござるだが、去々年の冬、われら皆まだ浪々の身であった頃、朋輩二本松権右衛門 源《みなもと》ノ実高《さねたか》、その少年に兄権左衛門実義を討たれて無念やる方なくいたるところ、このほど、太閤殿下が高麗《こうらい》渡海を仰せ出されたるによって、主人政宗の供をしてこの地にまいり、本日この廓にまかり越したるところ、——念のために申しておくが、われら廓へまかりこしたるは、さらさら好色のためではござらぬ。不日に日本を離れて異国にまいらねばならぬこと故、日本にかくれもない廓つうものを一見におよんで、生々世々《しょうじょうせぜ》の思いぐさにせんがためでござれば、誤解なきように願いたい。——さて、しかるところ、神明の加護か、仏陀の慈悲か、朋輩権右衛門源ノ実高儀、当廓において、はからずも当のかたきを見かけ、名のりかけたのでござるが、相手は若年ながらなかなかの手練《てだれ》、早業飛ぶがごときくせものなれば、われら朋輩の義によって後ろ見せんとしたるところ、おぬしの邪魔によって、権右衛門源ノ実高儀は、あれ、あの通り早くも手傷……」

重く濁った奥州弁ではあるが、滔々と弁じ立てて、くやし涙をはらりはらりとこぼす。誠実で熱心な様子は、うそいつわりとは思われなかった。しかし、片訴訟での判断は出来ない。慶次郎は少年にむかって叫びかけた。

「おい若衆殿、貴殿の言いぶんを聞こう。覚えがござるか」

「覚えがござる！」

こだまの返って来るように、少年は答えた。

ゲェーッ！　といいたいところであった。水を浴びせられたような気持であった。うららかな春昼《しゅんちゅう》の明るさもにわかに暗く、四方八方からこのおさまりを見ている群衆の顔が一時に渦をまいて、この滑稽千万な失敗をあざ笑っているのではないかとすくみ上がった。

しかたはない、あやまってしまおう、と思った。

「すまん。申訳ない。拙者の早合点であった。さような訳合いなら、拙者は引っこむ」

と、頭を下げた。すたすたと引きかえしにかかった。群衆はどっと笑った。いくら笑われても、この際いたし方はなかった。慶次郎は石になった気持で、この嘲笑を受けた。

すると、少年のことばが追いかけて来た。

「ちょっとお待ち下さい。かたきはかたきでも、普通のかたきではありません。戦場で尋常の勝負をして討取ったものです。戦場の勝負に後にうらみをのこすということがありましょうか」

「えっ？　ほんとでござるか」

「卑怯ないつわりは申しません」

「そんならまた話がちがう」

　くるりと向きなおった。奥州武士等の前にかえって来た。

「これ、今聞いたことに文句があるか。あるなら聞こう」

　相手方は答えなかった。途方にくれたような形だ。

　慶次郎は気の毒になり、仲裁しようと思い立った。

「相談がある」

　と呼びかけて、一歩進み出た。

「外でもない。こんなばかげた敵討というものがあってしかるべきものではない。考えてもみなさい。戦場の勝負を根にもって敵討など、土台理窟に合わんじゃないか。ましてや、それに後ろ見じゃの、助太刀じゃのと、とんでもないことだ。拙者が仲裁に立つ。中止仲直りということになさらんか。源ノなにがし殿はいささか傷を負われて気の毒ではあるが、治療すれば結構なおる傷だ。武士として少しもさしつかえはない。いわんや、武士の向う疵《きず》は誇りとなる飾りだ。がまんしてもらいたい。かく申す拙者は、加賀浪人前田慶次郎利太《としまず》、加賀にある頃は五千石取っていた者だ。仲裁役としては不足はないと存ずる。私にまかせていただきたいのだ」

二

奥州武士等の間に動揺の色があらわれた。慶次郎の名を聞いてからは一層であった。

たがいに顔を見合わせた。目と目で相談するように見えた。まかせるつもりになったら
しいと、こちらは推察した。

が、とつぜん、一人がはげしく首をふってさけんだ。

「おらァいやだぞ。男が一旦刀を抜いて斬合いをはじめたからには、誰様に何といわれ
ようとも、やめることは出来ねえだ。おまけに権右衛門は生面《いけづら》ア斬り裂かれているでね
えか。奥州侍の意地だア。おらア聞かねえ。根かぎり、いのちかぎり、やるべえ！」

「おお、そんだらやるべえ！」

「おらも引かねえぞ！」

「よう言うた！　やるべえ！」

「ええい、くそ！　死ねばよかんべえ！」

「おおさ、死ねばよかんべえ！」

ねじを巻きなおされた目ざまし時計のように、一時にきおい立って、わめき立てる。

驚くべきがんこさではあるが、勇気のたくましさは見事でもある。慶次郎はあきれた

り、感心したりしながら、なお説得をつづけようとしたが、とたんに、一人が、

「それ！　さんさ時雨《しぐれ》！」

とさけぶと、横にさっと一列になり、慶次郎をおしつつむ隊形になって、攻撃を開始した。

サンサ時雨《しぐれ》か、茅野《かやの》の雨か、
音もしもせで、濡れかかる、
ションガイナ、ションガイナ

悠長な調子でうたいながらも、動きは隼敏《しゅんびん》に、太刀さばきは電光よりも迅速に、しかも不測の変化をもって襲うのだ。まことに、茅野の雨が白日《はくじつ》にしぶいて来るかと疑われるばかりに見事なその戦法は、緩急相援《あいたす》け、一人が退《しり》ぞけば一人が進み、あるいはつぼみ、あるいはひらき、掛かるにも引くにも柔靭《じゅうじん》自在だ。さっきの拙劣な攻防法とは別人のようであった。慶次郎はねばっこい弾力のある執拗《しつよう》な網につつまれたように感じた。

戦いは少年の方でも再開されたが、こちらの方は相手が最初に手傷を負い、しかも出血が多量で戦闘力がおちているので、大した手間は取らなかった。数合の後、相手をたおした少年は、こちらの乱闘の渦巻きの中におどりこんで来て、

「こちらはしとめました」

とさけんだ。

普通なら、このさけびとこの新情勢とは、奥州武士等には相当な精神的打撃とならなければならないはずであったが、この牛のような集団の勇気はいささかもたわまなかった。鈍重に、悠長に、さんさ時雨をくりかえしながら攻撃して来る。

いつの間にか、慶次郎と少年は背中あわせの体勢になって戦っていた。

とつぜん、頑牛《がんぎゅう》の包囲陣が乱れ立った。いつどこからあらわれたのか、華美な伊達《だて》衣裳を着た武士が、ものも言わず、長い槍をふりまわして、奥州武士等になぐりかかっているのであった。顔は深い編笠にかくれて見えないが、たてもよこも堂々と大きなその男は、すばらしい力量の持主と見えて、二間にあまる握り太《ぶと》な青貝ずりの大槍を鞭でもふるうように軽るがると振って、武士等の刀をはじき飛ばし、足をはらい、肩をたたき伏せ、獅子王の荒れ出したような働きぶりであった。

忽然としてあらわれたこの不思議な武士の豪壮な働きに、見物の群衆は一時にどよめいた。

「おお、おお、やるやる」

「ほら、また一人」

「油断するな！　横にまわったぞ」

などと、熱狂的な声援を送りはじめた。

慶次郎も、少年も、新たな気力がよみがえって来た。

三

京都町奉行の前田徳善院玄以《げんい》輩下の役人等が騎馬で駆けつけて来た。すると、それまで旗色が悪くなりながらも屈託《くったく》の色を見せず戦いつづけていた奥州武士等の間に動揺の色があらわれ、一人がひと声何やら叫ぶと、蜘蛛《くも》の子を散らすように四散して群衆の中に駆けこみ、忽ち行くえ知れずになった。牛のように鈍重であった、さっきの執拗《しつよう》な様子からはまるで考えられないすばやさであった。

群衆のひらく道を馬で乗り入れて来た役人等は、ひらりひらりと馬を下りると、慶次郎と少年を取り巻いて訊問にかかった。

「拙者は加賀浪人前田慶次郎利太。荒くれ男共が衆をたのんでこの若衆に果し合いをいどんでいるのを見かね、後ろ見の役を買って出たのです」

「敵討ということであったが」

「それは当人についてお聞きとりを願いたい」

役人等は少年の訊問《じんもん》にかかる。

「拙者は蒲生飛騨守家中にて、名古屋山三郎と申す者です」

と、少年は名のった。

役人等は一斉に「ほう」と言った。

慶次郎もおどろいた。

見物人等もどよめいて、そばによって見ようとしてひしめいた。

少年の名は、それほど当時有名であったのである。

蒲生氏郷《うじさと》寵愛の小姓名古屋山三郎は、新関白豊臣秀次の小姓不破《ふわ》伴作、京極高次の小姓浅香庄之助とともに、天下三美少年として、以前から世に知られていたのだが、とりわけ、一昨年の冬以来有名となった。

小田原落城の直後、奥羽地方を平定した秀吉は、蒲生氏郷を伊勢松坂十二万石の小大名から抜擢して奥羽探題《たんだい》とし、会津若松五十万石に封じたところ、奥羽の地侍《じざむらい》等が一揆《き》をおこした。

この時、氏郷は会津へ入部してわずかに二カ月目、その軍勢は北国の酷寒をはじめて経験する暖国そだち、おまけに一揆のうしろには伊達政宗がいて糸を引いている疑いが《め》あって、氏郷一生の大難といわれるほどの難儀な戦いとなったが、その一揆鎮定中の名《ぶ》生城攻めにあたって、山三郎は比類なき武功を立てた。真先かけて城に突入し、群がる敵を八方に追い散らして一番槍を入れたばかりか、敵の勇士を討ち取ったのである。

花も恥ろう名だたる美少年が、白綾《しらあや》に紅《くれない》の裏をつけた具足下《ぐそくした》に、色々おどしの鎧、小《こ》梨打《なしうち》の冑、猩々緋の陣羽織というはなやかな装いで、降りつむ雪を落花と蹴《け》散《ち》らして奮戦する美しくもまた勇ましい武者ぶりは、口から口に伝わって、天下の語りぐさとなり、

槍仕《やりし》、槍仕は、多けれど、

というはやり唄まで出来たのであった。

ほう、これが音に聞いた名古屋山三か、と、慶次郎はつくづくと少年の横顔をながめた。

ながめられていると知って、山三郎の美しい顔には恥らいの色が散り、その羞恥の様子は女よりも艶冶《えんや》に見えた。

慶次郎はへんなとまどいを感じ、のどのあたりに咳がからみ、おぼえず、えへんえへんと咳ばらいが出た。すると、山三郎は一層紅くなった。耳たぶから首筋のあたりまで、まるですきとおるように美しく紅潮して来た。

山三郎は、自分がかたきと狙われるに至ったわけを、簡単に、また要領よく説明した。奥州一揆に際して名生《めぶ》城攻めの時一揆方の勇士を討ち取ったのを敵呼ばわりされているというのであった。

「おお、おお、貴殿が一番乗りをなさった、あの城攻めの時でござるな」

と、役人はうなずいた。はやり唄にまでなった年少艶美な少年勇士を眼前に見、しかも取りしらべている事件がその少年の名を一層高からしめた時の働きと関係があるので、大へん満足そうであった。

「これは筋道の立たない敵討です。したがって、貴殿方にはなんの責任もありません。

自由にお引きとり下さい」

と、愛想よく言ってくれたが、急にきょろきょろとあたりを見まわしながら、

「おや、今一人おられたのはいずれに行かれたかな」

その時になって、慶次郎も、あの剛力な助勢者が姿を消していることを知って驚いた。群衆の中の二、三の者が役人達が乗りつけてくる寸前、その男が立ち去ってしまったことを告げた。

「素姓《すじよう》と名前をお知りの方はないか」

と、役人はたずねた。

しかし、誰も知っている者はなかった。

数人の者が、胸に金の十字架を金のくさりでかけていて、それが奮闘の間にきらきらとかがやいて目をひいたと言っただけであった。

けれども、十字架や、聖骨匣《ばこ》や、念珠《コンタツ》を胸にかけることは当時の流行だ。キリシタンでなくても、新奇好みの人は装身具として佩用《はいよう》した。天下様である太閤さまでさえ、時々そんなことをみせるほどだ。なんの手がかりにもなることではない。

四

読書と静思の毎日が明けくれた。慶次郎はこの生活に満足していたが、間もなく、その心のおちつきを奪う事態が生じて来た。

ことは名古屋山三郎に関係している。

山三郎はしげしげと慶次郎を訪問し、和歌や物語類の話などして帰って行く。彼の主人蒲生氏郷が戦国の武人にめずらしく風流韻事《いんじ》のたしなみがあって、その薫陶《くんとう》を受けているためでもあろうが、天性その好みと才能があるらしく、年の若いに似ず、鋭い批評眼があって、慶次郎としてもその訪問がよろこびになっていた。

ところが、しばらく経つと、山三郎の彼にたいする感情が普通の友情でないことに気がついたのである。

慶次郎だって時代の子であるから、こうした愛情がわからないではない。しかし、それは知識として知っているにすぎない。そういう趣味は彼にはないのだ。

彼は山三郎を非常に美しいと思う。会っていると、その美しさから来る快さも大いに感ずる。けれども、そこには恋愛的感情はいささかもまじっていない。いわば美しい花を見て感ずる快さと変らない。

ところが、山三郎が特別な感情を自分に持っていると気づいた時から、彼の感受性にも異様な変化がおこった。いつもはそうでもないのだが、どうかしたはずみにじっと彼を見つめる目つきや、かすかに頬を染めてうつむいたりする時、男にあるまじき柔媚《じゅうび》なものが発散して来て、ひしひしとこちらにからみついて来るように感ずる。それは女の持つ色気より強烈で濃厚だ。慶次郎は閉口せざるを得なかった。

「こりゃいかん！」

慶次郎は次第にこの美少年の来訪におびえるようになった。

二月半ばのある日、山三郎がたずねて来た。あたたかいよく晴れた日を聚楽《じゅらく》まわりの蒲生家の屋敷から徒歩で来たこととて、山三郎の頬は上気して、いつもより一層美しかった。桃の花を持って来て、書斎に通ると、それを生けてやろうという。その為すところも女めいて、心にからんでくるものがある。慶次郎は花瓶を出させて心にまかせた。

日当りのよい縁側でぱちりぱちりと鋏を鳴らして器用な手つきで枝をととのえ、姿をためる。槍を取れば一番乗りをし、剣をとればあの荒くれ男をたおす武勇のあることがうそのような、女性的な少年の様子であった。

「いかがです」

やがて生けおわり、床の間にすえ、少し退って、小首をかたむけて眺めながらいう。

「結構です」

お世辞なく、巧みなものであった。

山三郎はしばらく、とつおいつ眺めていたが、慶次郎が茶を入れると、立って来て正面に坐った。

「今日は聚楽まわりは大へんなにぎわいです」

「ほう、どうして？」

「高麗渡海の衆が、今日はとくべつ多数に出発するので、殿下が上覧なさるというのです」

「なるほど、そこで、殿下好みの芝居がかりがあるというわけですな」

「そうです。大名衆も皆桟敷《さじき》を組んで見物、それをまた見物しようというので、大変な人出なのです」

「やれやれ」

にぎやかで大がかりなやり方を好む秀吉の性格を、慶次郎はきらいではない。彼自らにもそういう性質があるので、一応も二応も共感はしている。しかし、こんどの高麗入りのことだけには、なんとしてもうなずけない。無謀きわまる戦さだと思うのだ。応仁以来百数十年の間つづいた戦乱がやっとおさまって、日本人の全部が戦争にあきあきしている時なのに、更に外征に駆り立てるとは何たる無思慮であろうと思う。

また、彼には、秀吉が異国相手の戦さを国内戦と同様に考えているとしか思えない。国内での日本人同士の戦争なら、ある城をおとし入れ、ある土地を占領し、ある大名を降伏なり倒しなりすれば、その領地全体がこちらのものとなり、領民はおとなしく服従するが、異国でその国の者を相手にする戦争では、そう簡単には行かない。戦闘には勝っても、土地はあくまでも敵地であり、民はあくまで敵の民である。きっと長い年月がかかる。六十に近い年になっていながら、いつまで生きられると思っているのだ。これまでの殿下にあるまじき詮索《せんさく》不足な企てだと思うのである。

「山三郎殿、前から一度お聞きしてみたいと思っていましたが、こんどの殿下の企てを、あんたの御主人などはどう考えておられるか、おわかりになりませんか」

慶次郎の質問はだしぬけであった。山三郎はかしこそうな黒い目でじっと慶次郎を見、それから微笑しながら言った。

「昨年の暮のことでありました。主人が年忘れの茶の湯をいたしました。正客《しょうきゃく》を江戸大納言（家康）様とし、四人の大名衆がおいでになったのですが、その席でその話が出ました。すると、主人が、――かねてから口の悪い主人でありますが、かねての調子でこう申しました。〝猿めは死に所のないままに狂い死にをするのだ〟と。わたくし、その時水屋《みずや》にいましたので、御歴々御列座の席で、なんという思い切ったことを申すのであろうと、ひやりとしたのですが、お客方一同〝いかさま、こまったこと〟と、御挨拶遊ばされたので、ほっといたしました。このことで、大名方のお気持はわかるかと思います」

「ほう、そんなことがあったのでござるか」

慶次郎は、誰の見る目も同じなのだと嘆息したが、同時にそんなに考えているなら、なぜ諌言《かんげん》を奉らないのだろうとはがゆかった。いうまでもなく、一筋に思いこんでいる秀吉だから、きげんをそこねるにちがいない。しかし、小大名なら知らず、江戸大納言や氏郷のような大大名なら、まさか生命を取るとは言うまい。一時の不興は買っても千万人に一人というほどかしこい秀吉だ。理をわけて説いたら、最後にはわかってくれないはずはないと思うのであった。

（どいつもこいつも腰ぬけばかりだ）

立身欲や出世欲などさらにない慶次郎であるが、この時ばかりは、秀吉の前に自由に出られる身分がほしいと思った。

彼は考えこんだ。憂鬱であった。

「くさくさする。酒でも飲みますかな」

酒が来て、立てつづけに四、五杯あおると、昼の酒はよくきいて、陶然となった。山三郎も微醺《びくん》を帯び、まぶたのあたりが花びらのように美しく染まって来た。

「お酌いたします」

山三郎は提子《ひさげ》をとって酒をついでくれる。白い腕が緋の襦袢の袖にからむのがなまめかしい。

慶次郎はものを言うのがものうかった。

「おそれいる」

とだけ言って、一口のんで下において、黙って庭の方を見ていた。ぎっしりと芽ぐんだ新芽が陽を受けて、薄青い珠をつらねたように光っている木立にかこまれた庭には、明るくあたたかい光がみなぎるように満ち、さらさらと鳴りながら流れる浅い泉水には陽の光がたえず動揺しながら反射していた。彼は酒気に高められて、どきんどきんと鳴る胸の動悸《どうき》を聞きながら、いつまでも黙っていた。

「何を考えていられます」

と、山三郎が声をかけた。女のようにやわらかいことばづかいであったので、驚いてふりかえると、黒い目が微笑しかけた。ぬれぬれとうるみ、媚びのある目であった。女よりも強烈で濃厚なあの媚びであった。慶次郎はさりげなくかわそうとした。

「どうも少し酔ったようで」

「しばらくお寝みになりましたら、膝をお貸ししましょう」

山三郎は近づいて来るけはいを見せた。目は一層濡れ光り、唇は一層紅く、かすかに頬を染めている。電流よりも強烈で、蜘蛛の糸のように執拗《しつよう》で、なにかしらねばねばしたものがそこから発散し、それが霧のようになってこちらをつつんでくる。

暖気と酒気のためにへやの空気はむしむしするほどあたたかくなっていた。慶次郎は薄い汗がからだ中ににじみ、全身がむずがゆくなった。蛇ににらまれた蛙のように身動き一つ出来ず、呼吸《いき》だけがしだいにあえいで来た。気が遠くなりそうであった。

彼は渾身《こんしん》の気力をふりしぼり、羽ばたき立っておのれに巻きついている蛇を寸断する雉のようにさっと立ち上がった。

「聚楽へ行ってみましょう。ねむけざましに」

山三郎は慶次郎をあおいだ。青ざめていた。けれども、しずかに答えた。

「お供しましょう」

朱金のよそおい

一

聚楽まわりから一条大路にかけ、そこからまた大宮通に至るまで、大へんな人出であった。

道の片側に高い桟敷をかけ、そこには秀吉をはじめ諸大名が、それぞれの家の紋を染め出した幔幕《まんまく》をはりめぐらし、緋毛氈《ひもうせん》をしき、豪華絢爛《けんらん》たる時代の好みを見せた思い思いの美服をまとってならんでいた。それらの桟敷の一部分は必ずその家の奥向きの女等が占め、それがまた百花繚乱《りょうらん》の花園のような、はなやかで遊楽的な気分をそえていた。他の片側は一般庶民の席になって、錐を立てるすき間もないほどに人々がつめかけて、がやがやとさわいでいた。

それらのすべての上に、うららかな春の日が照り、薄く立ち上る砂塵が霞のように軽くのどやかに蔽い、なんともいえず駘蕩《たいとう》たる気分をつくり、とても出征の軍隊を見送る儀式とは思われないほどであった。

慶次郎は、秀吉の桟敷の前に出たいと思って、雑踏をさけるために、中立売《なかだちうり》の通りにまわった。すると、その途中、とある民家の軒下で、出征の兵士の一人が家族等と立話をしているのが目についた。

兵士というのは足軽小頭くらいの身分に見える三十五、六の男だ。黒皮の具足に、鉄の陣笠をかぶっていた。家族はその妻らしい三十年輩のやつれた女と、七、八歳の女の子と、四つ五つの男の子の三人であった。

はじめ慶次郎はなにげなく見ながら近づいたのであるが、家族等の様子をはっきりと見たとたん、はっとして目をそらした。

妻女は目を泣きはらしていた。子供等も、男の子はにこにこして父の具足の草ずりをたたみ上げては放したたみ上げては放ししてよろこんでいたが、女の子は母の袂をつかんで、声を立てないで泣いていた。

慶次郎等がその前を通った時、夫婦は話をやめ、顔をそむけるようにしたが、少し行くと、うしろから、「しかたがないじゃないか」という男の声が聞こえた。いら立つ心の見える、低いが力のこもったはげしい声であった。

「しかたがないじゃないか」

慶次郎は、胸のうちにくりかえした。前もなく、うしろもなく、ただこれだけのことばが、風に吹きちぎられたように聞こえて来たのであるが、かぎりなく複雑な物思いをさそうものがあった。

「よほどに深い事情があるのでしょうね」

と、山三郎が言った。

「そうでしょう」

慶次郎は答えたが、胸の底では、深い事情があろうがあるまいが、行きたくない気持は誰しも同じであろうと思った。またしても、なぜ大名等は諫言しないのであろうと思った。

「どんな事情があるにしても、こんな所まで来て、あの愁嘆《しゅうたん》はどんなものでしょう」

と山三郎が言った。ふりかえって見ようとした。

慶次郎ははげしい声でとめた。

「見てはいけません。こんな時には見ないでおいてやるのが武士の情というものです」

一条通りの一部分が右方に見える辻に出た時、山三郎が慶次郎の袖を引いて、左方を指さした。

「あれは柳ノ馬場で助勢してくれた人ではありませんか」

「おお、なるほど、よく似ていますな」

その武士は、辻から十間ほど向こうの小路で、町人ていの男と立話していた。茶色の紋服に黒の袖無羽織を着、はかまなしの着流しで、編笠は片手にぶら下げていた。この前のはでな様子とはまるでちがって、ぜいたくではあるが地味な服装であった。しかし、大きく豊かな恰幅はよく似ていた。少し顔色は青白いが、目鼻立ちの大きな、あごのあたりに青々と剃りあとの匂う、りっぱな顔立《かおだち》だ。二人が引きかえして近づいて来るのを見ると、太い眉の下の鋭い目でじろりと見た。編笠をかぶって立ち去りかけた。

「しばらく」

と、呼びとめて、慶次郎は足をはやめた。

相手は笠をかぶったまま待っている。

「つかぬことをうかがいますが、貴殿は先日柳ノ馬場でわれわれに助勢して下さった方でござらんか」

慶次郎のこのていねいなことばに、相手は笠の中から、至って無愛想な調子でこたえた。

「お人ちがいでござる」

「しかし……」

と、山三郎が一歩出た。

「お人ちがい。ごめん」

言いすてて歩き出した。

迷惑げに見えたので、その上は押せなかった。二人が未練をのこして見送っていると、今武士と立話していた町人が小戻りして来た。慶次郎にむかってしきりにおじぎする。見ると、知った顔であった。

「おお……」

「へい、茶屋の者でございます」

京で屈指の豪商に茶屋四郎二郎というのがいる。徳川家がまだ三河にいた頃の家来に、小笠原なにがしというのがいた。世間では徳川家の内意を受けて情報がかりをしていたと言っているが、その頃、徳川家を浪人して京都に上って来て町人となり、今日の豪富をきずいた。

この男はその茶屋の番頭の一人であった。茶屋が光悦と懇意であるため、主人の使いで本阿弥家へ出入りする間に、慶次郎とも知り合いになったのである。

番頭は、天気のことや、にぎわいのことや、太閤のきげんのことや、順序なく、また流暢《りゅうちょう》にしゃべりはじめたが、慶次郎はさえぎって問いかけた。

「そなた、あの武家と懇意そうに話していたの」

「へえ、主人と、茶の湯や囲碁のお友達でございまして、おりおりお出でございますので」

「名前はなんと申される？」

「石川五右衛門様とおっしゃいまして、江州佐々木家の御浪人と申すことでございます」

「どこにお住いだ」

「唯今のお住いは大仏様前でございます」

「そうか」

と言いながら見送っているうちに、武士は辻を曲がって見えなくなった。
二人も、茶屋の番頭とわかれて、一条通りに向かった。

二

一条通りが聚楽まわりとかわる場所に、一段高く組んである秀吉の桟敷は、五三の桐の紋章を染め出した絹の厚織《あつおり》の幔幕を濃紫《こむらさき》に染めてはりめぐらし、その豪奢華麗さは言語に絶するものがあったが、群臣侍女を森然《しんぜん》かつ繚乱と居ならばせた真中に衆星をひきいる太陽といった格でひかえている秀吉のいでたちのものものしさに至っては、さらにそれにまさるものがあった。

さしのぼる旭日を象《かた》どった金の唐冠の冑《かぶと》、赤地錦《あかじにしき》の鎧直垂《よろいひたたれ》、金小札《きんこざね》緋縅《ひおどし》の鎧、金の丸鞘の太刀、背には総金のうつぼに征矢《そや》を一筋さしたのを負い、左手に朱塗重籐《ゆんでしげどう》の弓、つまり、遍身、金にあらざれば朱、朱にあらざれば金という、豪華でもあれば華麗でもあるが、ちょいと見方をかえると、茹《ゆ》で上げた蝦《えび》を金粉の中に二、三度ころがした姿とも見立てられる、いささか滑稽でもあるいでたちであった。何しろ小柄な体格である上に、長い作りひげを鼻下にもあごにもかけているので、ますます茹蝦《ゆでえび》めいて見えた。

彼はしばらくもじっとしていない。部隊が前を通過する毎に、必ず手すりのところまで出て来て、その部隊の将や、列中の武勇の名ある者を呼んで、太刀をあたえたり、金子をあたえたりして、それぞれにこんなことばをかける。

「ややあ、待ちかねたぞ、何のなにがし、天正何年何月何日、何々の戦いの時の汝《われ》が働き、今に至るも余は忘れぬぞ。天下一の働きとはあの時の汝の働きのごときを言うぞ。こんどはそれを唐人共に見せてやれい！」

あるいは、

「ややあ、何某。久しぶりじゃな。汝は日本国中にかくれもない日本一の剛の者じゃ。汝が高名手柄の知らせを、余は首を長くして待っているぞ」

つまり、どのなんのなにがしも、どの何某も、日本一の剛の者であり、天下一の働きをしたことになるのだが、秀吉の豪快で臆面もない調子にかけられると、ちっともおかしく聞こえない。豪壮かつ適切に感ぜられて、ほめられたなんのなにがし、何某等は、ヒロポンを打たれた馬のように忽ち大はりきりにはりきり、反りかえれるだけそりかえり、そのままに天翔《あまがけ》りしそうな元気で立ち去るのであった。

どんなオーソリチィ（権威）にも、決して無条件には屈服しない慶次郎にとって、これはいまいましく、また苦笑せずにいられないことであった。しかし、それでも、魔力、不思議な力と、感心せずにはいられなかった。

武者押しは水の流れるようにひっきりなしには来ない。時々とだえることがある。すると、秀吉は近臣や侍女等に何か話しかける。滑稽なことでも言うのであろうか、その度に人々はおかしげに笑いくずれるのであるが、誰よりも愉快げに笑うのは秀吉自身であった。広い通りを越してこちらに楽々《らく》ととどくほどの大きな声で笑うのである。

見送る人々のはでやかさにおとらず、征《ゆ》く人々のよそおいも奇抜で、はなやかであった。戦場におもむく軍隊というより、風流おどりの場にくりこむ踊り子の一団のようでさえあった。

無心に見ていると、それは楽しい見ものであるには相違なかった。慶次郎もしばし我を忘れて見ていたが、間もなく秀吉の周囲の女等の中によく知っている者を見つけた。それは叔父利家の娘で、秀吉の侍妻の一人になって、「加賀殿」と呼ばれている婦人であった。慶次郎にとってはいとこにあたる。これまで数回会っているから、少しばかりなつかしい。彼は時々そこに目を向けていたが、そのいくど目かに、さらに知った顔を見つけて、どきりとした。

前からそこにいたのであろうか、それとも彼の知らない間に来たのであろうか、加賀殿の少しうしろに、彼が加賀にふり捨てて来た許婚《いいなずけ》、村井又兵衛の娘お篠がいたのだ。お篠もこちらを見ているようであった。

「どうしてここに」

と彼はつぶやいたが、この疑問は迂《う》闊《かつ》だ。結婚間際に男に逃げられ、恥じかなしみ、加賀に居づらいとなげいていたというお篠であってみれば、主人の姫君である加賀殿を頼って出て来るのは、最もあり得ることである。

お篠はひどくやつれていた。かつての谷間の白百合のように清楚で、色づきかけた果物のように新鮮であったところはまるでなくなっている。端正さと高雅さとは昔ながらであったが、それだけに一層いたましい思いをさそわれた。鋭いとげのように慶次郎の胸をいたませるものがあった。

お篠がここにいるのを自分と知って見ているのか、単にこちらに目を向けているだけなのか、知りたいと思って、凝視していると、間もなくお篠の顔が青ざめて来、その目つきにきびしいものの加わって来るのを見た。明らかに知っているのであった。

「こりゃいかん。退却だ」

日光にあたったもぐらもちはこんな気がするにちがいない。まわれ右をして、すたすたと歩き出した。

山三郎がおどろいて追いかけて来た。

「どうなすったのです。お帰りですか」

「ああ、帰ります」

「おや、どうなすったのです。大へんお顔色がお悪いですよ」

心配げな山三郎の顔は、恋しい人の身を案ずる女性のおろおろとした顔であったが、今の慶次郎にはそれを気味わるいと感ずる余裕も、色ッぽいと感ずる余裕もない。

「なに、ちょっと寒む気がしましてな。風邪でもひいたのでござろう。なに、すぐなおります。では、またお目にかかりましょう」

おどろいている山三郎をあとにのこして、顔の血行をうながすために、つるりつるりと撫でまわしながら、慶次郎の足はだんだんはやくなった。

「おれの読んだ文学書には、こういう際にとるべき処置が書いてない。実にこまる。なんのための文学書だ」

在原業平や紫式部や清少納言の才能をうたがいたくなった。

三

聚楽第の近くの小路で見た出征の兵士とその家族の愁嘆のすがたは、強い記憶となって、慶次郎の心にのこった。その記憶はあれほど強い衝撃であったお篠との思いがけなかった再会にもまして、彼を考えさせた。お篠との再会のことは、一夜苦しむと、「もうすんだことでどうにもならないではないか」と、おさえることが出来たが、小路で見た記憶は時が立つにつれて、深く鋭く心に食いこんで来るのであった。

もちろん、かなり手おくれの感はある。こうまでなる前に手をつくすべきであったとは思う。しかし、全然手おくれというわけではない。兵士等は京都を出発はしても、先鋒隊だけが対馬《つしま》まで行くのであって、あとは全部まだ肥前の名護屋に集結して、秀吉の改めての指令を待つことになっているからだ。

慶次郎は秀吉に拝謁を願い出て見ようと決した。小田原陣の時の自分のいたずらを秀吉がおぼえているなら、秀吉のことだから会おうというにちがいないと目算した。

光悦を訪ねて頼んだ。

「しかじかのことで、殿下にお目にかかりたいのですが、お手引き下さるまいか」

秀吉の刀剣に関する御用をうけたまわっている光悦は、秀吉に会う機会をしばしば持っている。

「承知しました。骨を折ってみましょう」

ためらいなく、光悦は引き受けた。もし慶次郎の諫言が秀吉の機嫌を損じたら、紹介者にも禍《わざわい》のおよぶことは明白なのだが、まるでそれを気にしないのである。

光悦のこのいさぎよさを、慶次郎はありがたいと思った。

光悦はすぐ聚楽へ出仕して拝謁を願い出、慶次郎を引見してもらいたいと頼んだ。秀吉はからからと笑った。

「おお、おお、又左が甥のあのいたずらものか。覚えている、覚えている。おれの前でこともあろうに、猿まわしの真似をして、おれをからかった奴だ。忘れてなるものか。いつでもよい、会ってとらせる」

翌日、慶次郎は聚楽第に出頭した。

あちらで待たされ、こちらで待たされした慶次郎が、秀吉の前に平伏することの出来たのは、聚楽の門をくぐってから二時間もたってからのことであった。

「やあ、いたずらもの、久しいな」

秀吉はくつろいだふだん着のまま入って来て、上段の間にあぐらをかいて笑いかけた。

ぞろぞろと侍臣達がついて来て、それぞれの席につく。

「お久しゅうございます。いつもごきげんうるわしく、恐悦に存じます」

「うむ、そちもまめで結構。時に、そのほう、おれに願いがあるそうだな」

秀吉のほうから渡し舟を出してくれたようなものだ。

「ございます」

と、慶次郎は心をはずませ、

「いささか他聞をはばかります」

と、人ばらいを願いかけた。

秀吉は手を振った。

「ちょっと待て。そちの話を聞く前に、おれの方からも話すことがある」

と、言い出した。

「はあ……？」

「聞けば、そのほうは加賀において嫁をもろう約束をしながら、その娘をふり捨てて駆《かけ》落《おち》した由だな。けしからんことだぞ。娘の心になってみよ。どんなに悲しくつらいことか。男たるものがそうであってはならんことだ。しかも、その娘は村井又兵衛の娘であるというではないか。又兵衛はおれも若い時からよく知っている。今では又左が家の柱石でもある。それほどの者の娘をなぶりものにするなど、おれは決してゆるさんぞ」

持ち前の大音声で、息もつかず、どなり立てる。

声なんぞいくらでかくても、いくら立てつづけにどなられたって、恐れ入る慶次郎ではないが、まるで予想しないなりゆきとなったのであわてた。みごとに逆手《ぎゃくて》をとられた気持である。

「拙者……」

とりあえず食いとめにかかったが、秀吉は言わせない。ガンガンと、きめつけた。

「なにが拙者だ。理非は明々白々だ。つべこべと陳ずる余地はない。そのほうが悪い。あやまれ。あやまって、その罪をあがなえ。娘を引き取るのだ。引き取ると言えい！　引き取るといわんか！」

「その儀につきましては、また改めてのことにいたしまして、拙者が本日拝謁を願い出でましたのは……」

「聞かん。そちはおれの命にそむくつもりか！」

「そむくなどと……しかし、あまりにも急な……」

「なにが急だ！　すでに結納《ゆいのう》まですませているのだ。おそすぎるくらいだ！」

抗弁すればするほど、いきり立つ。まるで駄々ッ子だ。こうなっては黙っているにこしたことはない。慶次郎はムッツリと口をつぐんでしまった。

「こら！　なんで黙っとる！　返事せんか！　なんとか言わんか！」

秀吉はなお性急にどなり立てていたが、この調子ではいかんと思い直したらしい。ぐっと上体をつき出して、声をひくめた。

「こら、どういうわけだ。おれなんぞ嫁をもろう約束が出来たら、もうその時から待ち遠しくてならなんだぞ——ははあ、わかったわい。ほかに好きな女が出来たな。かくさんでもよい。出来たら出来たで、方法はある。その口は妾《めかけ》ということにするのだ。融通をきかせい、融通を。男が二人や三人の女のしまつがつかんでどうするのだ。おれを見ろ、おれを。何人いると思う？　ちと見習え。いいかな、わかったかな」

蟹はおのれの甲羅《こうら》に似せて穴をほるというが、人もそれぞれ自分を標準にしてしかものを考えないものだと、慶次郎は滑稽になった。しかし、まじめな顔で言った。

「拙者にはさようなものはございません」

「ない？　ほんとにないのか？　はて、面妖《めんよう》な。ほほう、ほんとにないのか」

「ございません」

「ふうーん」

秀吉にとってはほんとに理解を絶することであったらしい。不思議千万といった顔で小首をかたむけた。

その時、ふすまの外に足音がして、なにやら言う声がした。侍臣の一人が立って行き、聞き取ってかえって来て、秀吉の耳許にささやいた。

よほどに重大なことなのであろうか。秀吉の顔に動く色があった。

「よし、すぐ行くと言えい！」

と、立ち上がり、

「にわかに大事な用件がさしおこった。今日はもうそちに会うておれぬ。改めて呼び出すによって、本日のところは退って、沙汰を待っておれい」

と言って、奥へ去った。

四

日暮れ時、加茂にかえりつき、玄関の前で馬を下りて、手綱を仲間にわたしていると、用人が飛び出して来た。待ちかねていた風であった。

「お篠様がいらっしゃいました」

帰宅を迎えるあいさつもなく、いきなりこう言う。あわて切っている様子だ。

「なんだと？」

「当家に送りとどけよとの太閤殿下の仰せであると申しまして、聚楽の大奥のお役人方が供《とも》してまいられたのでございます。殿下の仰せであるとあっては、おことわりも出来かね、お上がりを願って、おつきの女中方ともども御書院へお通し申しておきました。お役人方は、われわれの役目はお送りとどけするまでであるとて、そのままお帰りになりました。かれこれ一刻（二時間）にもなりましょうか」

用人は処置をあやまったと叱られはすまいかと、おどおどしている。

あまりにもみごとな自分の失敗がおかしくて、慶次郎はにやにや笑い出してしまった。

（あっぱれだ。どうも少し役者がちごうらしい）

いまいましくはあったが、こう考えざるを得なかった。

さて、どうすべきか？

急には工夫がつかなかったが、こうなっては会わないわけには行かない。

覚悟をきめて、玄関を上がると、ついて来ながら、用人がまた言う。

「それから、名古屋様がお出でになって、お書斎でお待ちかねでございます」

「うむ」

慶次郎はまず客間に向かった。

客間にはもう灯火《あかり》がついていた。二間つづきの書院づくりの座敷の上の間にお篠、下の間に五人の侍女、それぞれにうちかけ姿で、ひっそりと坐っている。

つかつかと入って来た慶次郎を、侍女達はおびえたような目で見たが、お篠は水のようにしずかな表情でむかえた。すきとおるかと思われるばかりに青白い顔と、長く背に引いた下げ髪との端然たる姿は、そぞろに身の寒くなるような感じがあった。手ごわいと思わせた。

「やあ、お出でなさい。あの節はどうも相済まんことで」

慶次郎は快活に、あたかも昨日別れた人にたいするようなけろりとした態度だ。お篠の前に坐り、軽くおじぎした。

お篠は黙って答礼し、つめたくとりすました声で言う。

「お書斎にお客様がお待ちだそうでございます」

このつめたい静けさは、おそろしく気味が悪い。

「さようか。それでは、あとでまたまいります」

いい幸いにして退りかけると、とたんに呼びとめられた。

「慶次郎様」

「なんでござるか」

「あれはどなた様でございます」

「誰のことです」

「お書斎のあのお若衆です」

ことばの途中からお篠の声が濡れ、見る見る目に涙があふれて来た。

慶次郎はあわてた。

「あれは、その、友人でござって――蒲生家の家中で……」

「ぞんじております。はやり唄にまでうたわれておいでの、名古屋山三郎様でございましょう。あの美しい方がいらっしゃるので、あなた様は……」

「ちごう、ちごう。そんな趣味は拙者にはない……」

「いいえ、いいえ。この前、聚楽での軍勢見送りの日にも、あなた様はあの方と一しょにいらしておいでてでございました。あのむつまじさは……」

怒りと悲しみに、お篠はとりみだしていた。胸ぐらをとってやいのやいのときめこみたいところを、女中等の手前やっとこらえているもののようであった。いつものやさしさや、高雅さや、初々《ういうい》しさは消えて、すさまじい嫉妬の形相であった。

慶次郎は全身汗にまみれ、

「とにかく、あとで御説明いたす。しばらくごめん」

言いすてて、這《ほ》う這うのていで脱出した。

書斎にはまだ灯火はつかず、薄暗いへやの中ほどに、山三郎は美しい顔をきびしくひきしめて端座していた。その顔は薄暮の光線のせいばかりでなく青ざめて見えたが、にっこり笑って迎えた。

「おかえりなさいまし」

「いつお出でであった？」

「小半時（一時間）にもなりましょうか」

慶次郎はむかい合った席に坐った。ひどく疲れているように感じた。考えなければならないことが山ほどあるが、考えたくない。口もききたくなかった。

急速に暗くなって来る中に、慶次郎は灯火をつけることも忘れ、ぼんやり坐りつづけていた。ものうくて、眠いような気がしていた。

やがて、山三郎の声に驚かされた。

「書院のあの女の方はどなたです」

山三郎の声はふるえ、涙にうるんでいた。

（ああ、ここもか！）

と、慶次郎がふるえ上がった時、山三郎はするするといざりより、膝と膝とがふれ合うばかりに近づき、慶次郎の目を凝視して言う。

「あんな方がいらっしゃるので、あなた様はわたくしにすげなくなさるのですね」

慶次郎はあわてた。

「あ、あ、あれは……」

「わたくし、あなた様をうらみます」

「そんな……」

ひたいにゆりこぼれている前髪の下から、涙にぬれた凄艶な目が光り、頬を蒼白にし、山三郎はじりじりとつめ寄って来る。慶次郎はあとずさりし、壁に背中をおしつけられ、もう退られないという所まで退った。だのに、相手はまだ押してくる。

人間の心理は奇妙だ。こんなにまでせっぱつまっていながら、心の片隅ではこう考えているものがあった。

(こういう境地は、源氏物語にも伊勢物語にもない。稚児《ちご》草紙というのが、王朝末以来いくつかあるそうだが、おれは読んでいない。読んでいれば、こういう時に参考になったかも知れないのだが……)

が、とたんに気がついた。これはおれに責任のないことだ。おれはなにをとまどいしているのだ！

「ちょっと待った！」

慶次郎は猛然としてはねかえし、さらに一気にまくし立てた。

「拙者になんの責任があれば、貴殿にそうまで言われなければならないのだ。拙者の貴殿にたいして抱く感情は友情以外のなにものでもない。それ以外のものを貴殿が拙者にもとめられるなら、見当ちがいのはなはだしきものだ。拙者にはそんな好みは全然ないのだ」

山三郎はよろめくように退った。うつ向いた。やや、長い間、そのままの姿でいた。夕闇はしだいに濃く、山三郎のしょんぼりとした表情も、おぼろな輪廓《りんかく》も、一色のうるしの闇に塗りつぶした。

やがて、しずかな気はいが立って、瓦燈口《がとうぐち》のほうへ行き、そこの戸をあけて出て行った。渡り廊下を遠ざかって行く足音が次第にかすかになり、やがて絶えた時、慶次郎はおぼえず深いため息をついた。

「やれやれ」

書斎を出て、母屋に行った。そして、書院へ足を向けたが、ふとその足をかえすと、玄関に出て、履物《はきもの》を呼んだ。

用人と下僕が一緒に出て来た。

「いずれへ？」

「こんなつもりで、おれは加賀を出て来たのではなかった。おれは自由がほしくて出て来たのに、どこで食いちがったのかのう」

うっそりした調子で、慶次郎は言った。用人にも下僕にもまるでわからない。あきれていた。慶次郎は草履をつっかけ、玄関を出た。

小一時間の後、真暗な加茂川の堤の上を、松風に緩歩させながら、慶次郎は行きつもどりつしていた。川の水がさらさらと鳴り、蹄の音がぽっかぽっかとひびき、芽を吹きかけた柳の枝が、時々顔をなでた。

（うまく行かんものだな。どうもうまく行かん。こんなつもりではなかったに）

憂鬱で、ものがなしくて、不幸であるような気がして、くりかえしつぶやいていると、不意に暗中から声がかかった。

「前田慶次郎殿」

一際大きな柳の蔭に、おぼろに人の影が見える。

「誰じゃ？」

慶次郎は馬をとめて、そこを凝視した。

「石川五右衛門。貴殿にはすでに御承知のはず」

石川五右衛門

一

意外なところで、意外な人に逢って、慶次郎は驚いた。馬をおりた。

「これはこれは、おめずらしい」

その間に、相手は近づいて来た。

「この前は失礼をいたしました」

「いや、当方こそ」

おりめ正しく、双方あいさつし合った。

慶次郎はいつぞやの礼を言った。

「はっははは、そう丁重に礼を申されては、かえって恐縮いたします。あれはてまえの出来心からのすさびにすぎません。それ故に、役人共が来て、こと面倒と見ると、忽ち逃げて姿を消したのであります」

五右衛門は、濶達《かったつ》な笑いと共に言って、さらにつづけた。

「拙者は今明日中に貴宅にうかがって御意を得たいと存じていたのでござるが、ここでお会い出来ましたのはまことに幸いであります。おさしつかえなくば、これからお邪魔いたしたいと存じますが、いかがでありましょうか」

慶次郎としては、それはこまる。家にはお篠がいる、嫉妬に燃えて。

「申しわけありません。拙宅は唯今いささかさわる所があります。しかし、せっかくのこと、柳ノ馬場にでもお供いたしましょうか」

こんな場合遊里に行こうというのは、今日の人にはおかしく考えられることであるが、この時代の人は遊里や遊女にたいして、今日の人ほど鋭い批判を持っていなかった。この時代から少し後のことになるが、徳川幕府の初期には江戸城内の老中等の執務所に、毎日遊女が茶のお給仕に上がったと伝えられているくらいである。第一、現代のように手軽に用談の出来る料理屋のようなものはなかった。

すると、五右衛門は言った。

「それも結構ですが、同じことなら、拙宅へまいろうではありませんか。その方がお互いくつろげると思います」

「貴宅は方広寺《ほうこうじ》前とうかがっていますが……」

「さよう」

「お邪魔いたしましょう」

馬をひいて、五右衛門と肩をならべて、加茂川の堤を南へ下って行った。

やがて方広寺の前につく。

方広寺はこの年から六年前の天正十四年に、秀吉が建立《こんりゅう》した。本尊は俗にいう大仏、毘盧舎那仏《びるしゃなぶつ》の座像であるが、偉大好みの秀吉が日本史上比類なきおのれの功業の記念碑のつもりでこしらえたものであるので、たけ六十尺、奈良の大仏より高いこと六尺五寸という巨大さであった。したがって、これを安置する殿堂も、高さ二十五間、桁行《けたゆき》四十五間余、梁間《はりま》二十七間五尺余という宏壮なもので、森々としげった森の中に巍然《ぎぜん》として高いいらかを反らせていた。

夜空に高く黒く四辺を圧して聳えているその方広寺の前に、築垣《ついがき》をめぐらして、ややひろい地域をしめて、屋敷があった。武家奉公のものなら、二、三千石の身代《しんだい》の者の住い程度に見えた。門のわきには、武者窓のある門番小屋まである。

その武者窓に、五右衛門は立ちよって、声をかけた。

「へい」

窓の内から、若々しく元気な声がし、人の飛び出すけはいがして、門の扉が八字にひらかれた。
二十二、三の屈強《くっきょう》な顔をした門番だ。右の手に行燈《あかり》をたずさえている。
「殿様のおかえりーッ！」

と、奥へ叫んでおいて、

「おかえりなさいませ」

と、五右衛門におじぎした。

「さあ、お通り下さい」

五右衛門は慶次郎をうながしておいて、馬の世話をするように門番に命じた。

「かしこまりました」

門番は馬の手綱を受け取りに来た。

慶次郎は渡した。

「おお、おお、これはすばらしい」

門番は、松風を見て、おぼえず驚嘆の叫びをはなった。

玄関の式台には、早くも出迎えの者が居ならんでいた。四人。いずれもはたちを少し出たばかりの年輩だ。たくましいからだと、血色のよい顔を持っている。わきざし一本を帯《たい》し、さわやかな服装をしている。

「お客様のお供をしてまいった。書院の間へお通しするよう」

と、五右衛門は命じた。

「かしこまりました――いざ、こちらへお出で下さいまし」

中の一人が案内に立った。

十二畳のへやと、十畳のへやとがつづいた座敷であった。床の間に鋭い筆法の墨絵の楼閣山水の軸をかけて、その前に大きな花瓶に今をさかりの緋桃をざっくりとさしてあるのが、豪放で、いい風情であった。

「おくつろぎ下さいまし。うっとうしゅうございますから、唯今雨戸をあけます」

案内の若い侍は、慶次郎を客の座に坐らせておいて、がらがらと雨戸を開けはなった。びろうどのようにやわらかい春の夜の闇《やみ》が庭をこめて、そこがどういう趣きになっているか、よくわからない。ただ樹木が相当にあるらしい。そこから、しっとりとした夜気がただよって来て、忽ち室内はさわやかになった。

やがて茶が運ばれて来たが、主人の五右衛門の出て来るまでにはしばらく間があった。茶をすすりながら、慶次郎は考える。

（当家の主人は江州佐々木の浪人であると、茶屋の番頭は申したが、いかほどの身分であったのであろうか。この暮しは、千石や二千石取っていた者ではとても立たぬ。しかし、これが奥州や九州のような片田舎なら知らず、江州佐々木家のことだ、それほどの身分の者なら、名前ぐらいはおれの知らないことはないはずだが、石川五右衛門とは聞いたことがないな。しかし、茶屋と親しく交際しているとすれば、暗い素姓ではあるまい。ひょっとすると、茶屋と組んで、異国と交易しているのかも知れぬ。そうであるなら、この暮しは、不思議ではない……）

しきりに考えていると、五右衛門が侍二人に酒肴を持たせて入って来た。

二

酒がはじまってしばらくすると、それまで侍座して給仕していた侍等がつぎつぎに席を立って、全部いなくなった。

(おかしいな)

慶次郎は用心する気になった。

するど、今まで人のけはいのなかった庭の方々に人のけはいが見える。益々おかしい。

慶次郎はにわかに酔いの発した風を見せて、

「いや、これはとつぜんにまいって、いかい御馳走になりました。このへんでおいとまいたしたい」

と言った。様子を見るつもりであった。

いくらのんでも、五右衛門の青白い顔には一向に酔が出ない。一層青く冴《さ》える感じだが、その青い顔でニコリと笑った。

「まあ、およろしかろう。なんのおかまいも出来ませんが。それに、拙者は貴殿に重大なことで、御相談申したいことがあるのです」

「ほう?」

「今日、さる所でうかがいましたが、貴殿は今日殿下に拝謁をなされた由でありますな」

「いたしました」

にがい気持がよみがえって来た。秀吉の外征を諫止《かんし》しようとして拝謁したくせに、一語も言い出せずに、お篠のことで油をしぼられて来たのだ。

「拝謁は貴殿の方から願い出られたものであります由」

と、五右衛門は言う。容赦なく踏みこんで来る感じであった。

「さよう。本阿弥光悦殿を介して願い出たのでありました」

「拝謁を願い出られたについては、定めて重大な御用件がおありになってのことと存じますが、それを申し上げられるおひまもなく、御一身のことを殿下が仰せ出された由でありますな」

どこで誰に聞いたのか、よく知っている。もちろん、お篠のことも知っているであろうと、苦笑せざるを得なかった。

「よく御承知、仰せの通りであります」

五右衛門も笑って、

「ところで、貴殿がなにを殿下に申し上げようとなされたか、拙者は大体見当がついているつもりであります」

慶次郎は少し腹が立って来た。からかっているのではないかと疑った。しかし、笑いながら言った。

「さようか」

「申してみましょうか」

「どうぞ」

笑いながら、慶次郎は言った。あたるものかという腹があった。ここまでのことは、あの拝謁の場にいた者から聞いたかも知れないが、このことは自分の心中のことだ。光悦しか知らないのだと思った。

その心理がわかったのであろう。五右衛門は呵々《かか》と笑って、

「では申してみますかな」

と言って、じっと慶次郎の目を見つめて、声を低めた。

「殿下の大明入りを御諫争なさるおつもりでありましたな」

慶次郎はおどろいた。まさか光悦が他言したとは思われない。

しかたがないから、笑った。

「その通りであります。よくおわかりだ」

五右衛門はその軽い調子に乗らなかった。厳粛なくらいまじめな顔で、会釈《えしやく》した。

「拙者の思った通りでありました。貴殿はわが党の方であります」

「…………」

「先刻、おり入っての話があると申したのは、このことであります。実は、拙者も貴殿と同じ憂えを抱いています。応仁の大乱以来百二十余年、天下戦乱に苦しんで、やっと太平の世となったのであります。この太平を来たしたのは、もとより殿下の御武威によるとはいえ、それだけでこうなったのではありません。天下の民が久しい戦乱に飽いて、静平休息を熱望するようになっていたればこそ、殿下の御武威もその功があったのであります。しかるに、殿下はその民を再び駆り立てて、異国に戦いを挑《いど》みかけようとなさ

るのです。拙者は殿下側近の重臣等、天下の大名共が、なぜこれを諌《いさ》めないのか、なぜ唯々諾々として黙従しているのかと、憤っていました。この憤りが拙者の心にあるので、貴殿の御心中もよくわかったのです。詩に曰く〝他人心アリ、予《ワレ》コレヲ忖度《ソンタク》ス〟易にまた曰く、〝鳴鶴《メイカク》蔭《カゲ》ニアリ、ソノ子コレニ和ス〟心を同じくする者の考えは、必ずわかるものであります」

詩経の句をひき、易経の句をひき、中々の学識だ。自分が好学なだけに、慶次郎は感心した。相手を見なおす気になった。

五右衛門の語調は、ここで一変した。

「ところで、前田殿はこれからいかがなさるおつもりでしょうか」

「もちろん、再び拝謁を願い出て、申し上げるつもりでいます」

五右衛門は薄く笑った。

「なるほど」

からかっている調子だ。信じていない調子だ。

慶次郎がムッとして口をひらこうとすると、おさえて、

「殿下に拝謁すると仰せられるが、先ずそれが困難。こんど貴殿が拝謁なさるとすれば、貴殿は村井又兵衛殿の御息女を奥方にお迎えにならねばなりますまい。それがお出来になりますかな」

一言もない。

ハハと、五右衛門は笑って、

「しかし、それはまずおきましょう。仮に拝謁なさって諫言を奉ることがお出来になったとして、殿下は果してお聞き入れになるでありましょうか」

「…………」

「拙者はお聞き入れにはならぬと思うのです。とすれば、無駄な骨折りでありますぞ」

とどめを刺すように、五右衛門は言った。

しばらく、五右衛門も語らず、慶次郎も言わず、沈黙がつづいた。

その沈黙を破って、方広寺の森から、気味悪い夜鳥の鳴き声が聞こえて来た。

「まず一つさし上げましょう」

五右衛門は提子《ひさげ》を取り上げて、慶次郎の盃に酒をみたし、自らの盃にもついだ。しずかにのみほしてから、また口をひらいた。一段と低い声であった。

「日本の国民《くにたみ》全体のためであります。一旦この志望を抱いたからには、容易ならぬ覚悟がいりますぞ」

「…………」

「もったいないことながら、殿下を弑《しい》し奉る……」

「なに？」

「しっ！」

五右衛門の目は爛とかがやき、慶次郎を凝視して、さらに言った。

「これよりほかに方法はありません。そうはお考えにならぬか。とくとお考え下さい」

三

一時間ほどの後、慶次郎は五右衛門の宅を辞した。

遅い月の出た道を、松風にダクを踏ませて帰りながら、慶次郎は五右衛門との会話を胸に反芻《はんすう》していた。

それは殺風景な論争におわってしまった。

慶次郎は、五右衛門のあの思い切った決心に十分な同情を持ちはしたが、その意見に賛成することは出来なかった。彼は普通の人のように秀吉の権威に無条件な拝跪《はいき》はしない。しかし、秀吉を曠世の英雄であると思っている。こんなすぐれた人物をむざむざと暗殺することに同意は出来ない。

「殿下は、まだまだ日本には有用なお人です。殿下に万一のことがあったら、日本は再び戦乱の巷《ちまた》になります。殿下というおさえがあればこそ、日本は静謐《せいひつ》なのです」

と、五右衛門を反駁《はんばく》した。

「先刻も申しました。日本人は静穏休息を欲しています。殿下がおいでにならずとも、再び戦乱になることはござらぬ。ましてや、現関白殿下がお出でになります。十分なおさえとなります」

と、五右衛門は主張した。去年の暮、秀吉は甥の三好秀次を養子にして関白職をゆずり渡しているのであった。

「民は休息を欲していても、大名共はそうはまいらぬ。まず天下に望みを抱くであろう者としては、江戸大納言がいる。それほどの野望はなくても、近隣を切り取っておのれの領分をひろめようとする大名はいくらもいましょう。すでに奥州の伊達は、一昨年地侍《ざむらい》共を煽動して一揆《いっき》をおこさせ、奥州一円のさわぎとなったではござらんか。毛利も疑わしい。長曾我部も然り、島津も然り。秀次様の御器量で、このおさえがきこうとは、拙者には思われぬ。太閤殿下がおわせばこそ、日本は静平が保たれていると、拙者は考える」

と、慶次郎が言うと、五右衛門は言った。

「貴殿の仰せられる所は一応の道理がある。されば、まずそうとしましょう。しかし、太閤殿下がおわすかぎりは、無益な異国征伐沙汰はやまないのでありますぞ。国内の乱はいくら乱れても、国の基《もと》を危うすることはないが、異国との戦さは、悪くすると、国の基を危うすることになります。いずれをお取りになるか、それできまることです」

議論はついに水掛論におわった。

「それでは、いずれ日を改めて、また論じ合うことにいたしましょう――申すまでもないことですがこのことは必ず御内聞《ごないぶん》に願いますぞ」

とうとう、五右衛門はこう言った。

「もちろんのこと、拙者は人を売るようなことはいたさぬ」

と答えて、慶次郎は辞去したのであった。

何度論じ合おうとも、秀吉を暗殺する計画に同意することがあろうとは、慶次郎には思われなかった。しかし、五右衛門の気持には深く考えさせられるものがあった。

「ああいう考えを持つ者がいるとすると、早く殿下を諫《いさ》めて中止していただかなければ、大へんなことになる」

と思った。

居ても立ってもいられないほど気持はあせって、馬足を速めて家にかえったが、門前まで来ると、忘れていたお篠のことを思い出した。

秀吉からわざわざ送られて来たのであり、あの形相《ぎょうそう》では、いく日でも根を生やしていそうだ。

「いかんなあ。これは鬼門だ」

馬を乗りかえして、本阿弥家へ行った。

本阿弥家では、家人等はもう寝ていたが、光悦はまだ起きて、机に向かって書きものをしていた。

光悦はあいそよく迎えて、自分の居間に通した。

「どうなさったのです、この夜ふけに？」

「当分宅へ帰れなくなりました」

慶次郎は秀吉に拝謁した時の模様、聚楽の大奥からお篠が送りつけられて宅へ乗りこんで来たこと、すべて語った。

光悦は腹をかかえて笑った。

「そなた様がお悪いのですよ。お篠様としては、そうあるのが当然のことでございます」

「そう言わんでいただきたい。貴殿にまでそう言われては、拙者の立つ瀬がありません」

その夜は、本阿弥家に泊まったが、紙と墨を貸してもらって、夜をこめて、一封の書状をしたためた。叔父の利家にあてたものであった。

秀吉の外征計画の無謀を論じ、なんとかしてこれを一日も早く諫止してもらいたい、それは日本人全体のためであると共に、豊臣家のためでもある、この無謀な外征が強行されるかぎり、日本全体が塗炭の苦に転落し、殿下にたいする怨嗟《えんさ》がおこり、引いては豊臣家の大不利益になるという主旨のものであった。

これを書く時、慶次郎は、

（殿下の御身命すら危険に瀕しよう）

という文句を書き入れたくてうずうずした。しかし、それは書くわけに行かなかった。少しでも秀吉が疑惑を感じたら、その絶大な権力をもって徹底的に検索するにきまっているのだ。それでは、五右衛門を売ると同じことになる。

（豊臣家にとってこの上なき不利不祥なことになる）

という文句を重ねて書くことでがまんした。

夜の明けるころ、書き上げた。

自ら徒歩で、聚楽まわりの加賀家に持って行った。

加賀家では仲間等が数人で手わけして外の通りを掃除していた。

慶次郎は門番小屋に立ちよって、

「門番、門番」

と呼んだ。

「なんじゃ」

慶次郎の顔を知らない門番はおそろしく横柄《おうへい》であった。

「わしは当家の大納言様の甥、慶次郎利太《とします》だ」

「うへッ！」

門番は武者窓の中で、ふみつぶされた蛙のような声を出して平伏した。

「この書面を老臣共にわたし、大納言様のお手許にとどくようにしてくれい。天下の大事に関することがしたためてある。必ずともに、お届けするようにわしが申したと、老臣共に申し伝えい。もしこれがお手許にとどかないようなことがあると、大へんなことがおこるぞ。よろしいか」

くれぐれも言って、窓の間から書状をさし入れて、本阿弥家へかえった。

四

慶次郎は光悦に頼んで加賀屋敷へ行ってもらって、自分の投じた一石がどうなっているか、様子をさぐってもらった。

「たしかに大納言様のお手許に上がっています。それ以後、お居間にこもって何かしきりに御思案のていでいらせられる由でございます。御書面の趣について、どうしようかと工夫してお出でなのではありますまいか」

という光悦の返事であった。

「腹を立てている風はないでしょうな」

「そんなことは聞きません。ひたすらに御思案の風でありますとか」

「それはありがたい。この上は叔父が奮発して、殿下に申し上げてくれることを祈りましょう」

慶次郎は真実、心から祈念したものの、人間の祈りの無力さはよく知っている。切なく、いきどおろしく、やるせなかった。

(無告《むこく》の民とは、訴えるに所なく、訴える方法を奪われている民という意味だが、今のおれがそうなのだ。この燃えるような憤りと、この深い憂えをどうすることも出来ないのだ)

と思うと、切なかった。

慶次郎も、いそがしいことであった。このことで気をもむ一面、自宅の様子もさぐらなければならなかった。これは、本阿弥家の小者に頼んで、自宅にのこっている家来共と連絡を取ってさぐらせていたが、数日の後、小者はお篠が昨日加賀家にかえって行ったという報告をもたらした。

（さすがにしびれを切らしたのかな）

と思いながらも、念のためなお二日待ってみたが、帰って来ないという。

そこで、本阿弥家を引き上げて、自宅へかえった。

すると、留守居の家来共がいう。

「数日前から、石川様と申す方が毎日のように訪ねてまいられます」

五右衛門は五右衛門であせっているらしいのだが、このあせりはいつどんな形で爆発するかも知れない。危険千万であった。

（一応様子を見て来る必要がある）

慶次郎は方広寺前に行ってみた。

この前接待に出て来た青年等の一人が玄関に出て来た。

「これはこれは、いつぞやは」

と、あいそよく迎えた。

「御在宅でありましょうか」

「残念なこと。不在でございます。せっかくのおんいらせに、まことに残念でございます」

「拙者はこの前上がった直後、急に用事がさしおこって、ずっと宅を不在にしていましたが、本日帰宅いたしましたところ、毎日のように御主人が御訪問下さった由を聞きましたので、早速、こうして上がったのであります。お帰宅になりましたなら、この旨申していただきたい。いずれ明日にでも、改めて参上いたしましょう」

といって、帰ろうとすると、青年はあわてて呼びとめた。

「ことばが不足いたしまして、申訳ございません。主人の他出は、この近くへではないのでございます。今朝にわかに思い立って、遠方へまいったのでございます。したがって、帰宅のほども、予測がつかないのでございます」

「遠方と申すと、いずれへ？」

「東国ということでございましたが、元来が世捨人《よすてびと》でございますので、気の向くままには、いずれへでもまいりますので、どこへどうまいりますことか……」

と、青年は笑いながら言った。

慶次郎は相手の言うことを信じなかった。なにか新しい事情が生じて、自分に逢いたくなくなったのだと思った。

しかし、他国へ旅立ちしたといっている以上、どうしようもない。

「さようか。それは残念なこと」

と言って、辞去した。

林にかこまれ、庭に泉のさらさらと鳴る社家町《しゃけまち》の邸の中で、表面、平穏な生活がつづいたが、慶次郎の心の中にはあらしが吹いていた。お篠の方はあれっきりで鳴りをひそめているが、利家は一向秀吉に諫言を奉った様子が見えず、出征の兵士等は、毎日のように西へ西へと向かう。

あせりと、いきどおりと、絶望のいりまじった気持で、毎日を過ごした。

すると、ある日、こんなうわさを、家来共が聞いて来た。秀吉が来る三月一日に京都を出発して、肥前の名護屋へ向かうという。

秀吉はここに大本営をおいて、全軍を統監し、やがて機を見て、自ら朝鮮へ渡海するのだという。

このうわさを聞いた時、慶次郎はがくぜんとして、ひとりさけんだ。

「これだ！　石川は西国へ行っている！」

内外蹉跌《さてつ》

一

秀吉の京都出発は、はじめの予定では三月一日ということであったが、十六日に延期となった。その十六日が迫ると、さらに二十六日に日延べされた。

「お眼病にかかられたから」

と、延期の理由は公表された。

これは事実であったのだが、こんな場合、世間は裏くぐりして考えたがる。

「ほんとかよ。案外重い御病気にかかっておいでなのではないか」

と、ささやき合うものもあった。

人々は今さらのように、これほどの大仕事が五十六という年になっている秀吉一人《いちにん》の肩にかかっていることに気づいて、名状しがたい不安を感じた。この時代、五十六といえば老人なのである。

いよいよ二十六日となった。

その日、秀吉は先ず参内して天皇（後陽成《ごようぜい》）にお暇乞いし、御所の門前から出発した。金小札緋縅《きんこざねひおどし》の鎧、金の唐冠《とうかん》の冑をかぶり、赤地錦の陣羽織を羽織り、金の丸さやの太刀を佩《は》き、朱塗の重籐《しげどう》の弓をもち、金小札の馬鎧を着せた栗毛の馬にまたがっていた。麾下《きか》の将士三万人、威風あたりをはらったが、中にも先頭に立った百人ばかりの部隊は、全員金の兜巾《ときん》をかぶり、緋の着物をつけ、柴切の刀を黄金《こがね》づくりにした山伏の服装で、法螺貝《ほらがい》を吹き立てつつ行進した。吹きつぎ吹きつぎされてたえることなくつづく勁烈《けいれつ》な貝の音は、いかさま雞林大明《けいりんたいみん》をまたたく間に踏みにじらんず秀吉の壮心をそのままにあらわしているようであった。

行列の中心になる秀吉の馬回りの一隊は、わけて美々《びび》しかった。金のとがり帽子をかぶり、金糸で大きく紋を繍《ぬ》った緋羅紗の陣羽織を着た一団は、ふちに金のふさをつけ、五三の桐の紋章を金で繡いとった旗六十六本をおし立てていた。日本六十六カ国をかたちどったのであった。

次ぎの一団は黄金づくり、金の丸さやの刀三十口《ふり》をささげていた。次ぎは彫刻をほどこし、金ぱくをおいた楯五十枚をささげた一団、次ぎが、思い思いの美装をこらした徒《か》歩《ち》の戦士にとりまかれた馬上の秀吉。

そのあとが秀吉の乗馬七十頭だ。いずれも錦らんの泥障《あおり》と金小札の馬鎧をきせられ、筋肉たくましい仲間共に口をとられていた。

おりから晩春初夏の好季節、天気は快晴、午前十時頃のうららかな日に照らされて、きらめき、かがやき、華麗、豪奢、奇抜、見る目もあやだ。戦争への門出というような殺伐な感じは毛筋ほどもない。趣向をこらして踊りの舞台にくりこむ役者のようであった。

このさかんな出陣を見物するために、沿道には群衆が幾重の人垣をつくって出ていたが、もう昨日までの不安は朝の薄霧のように消散していた。

「高麗も、大明も、一たまりもあろうか。不日《ふじつ》にお手に入ること疑いないわ」

と、皆言い合った。

秀吉は沿道の至るところの人々の目をおどろかしながら、西に向かった。道筋の大名らはいずれも接待に心をくだいた。

名護屋には、まる一月後の四月二十五日についた。

そこにはもう城が出来ていた。去年から諸大名に命じて構築させたのだ。秀吉はここにそう長くいるつもりはない。戦況次第ではすぐにも朝鮮におしわたるつもりであったから、いわばほんの仮の陣屋なのであったが、普請を命ぜられた諸大名らが、皆秀吉《きょかん》の気に入られようと競って努力したので、高い石垣、いく重の壕、天守閣、櫓、居館、庭園、みな最上級にそなわった巍然《ぎぜん》たる大城廓となっていた。

「よう出来たわ。満足だぞ。一時の住いにはおしいほどだな」

上機嫌に言って、城に入った。

二

この秀吉の行列のあとになり先きになりして慶次郎も名護屋に来た。供侍二人だけをつれた、至って手軽ないで立ちであった。よそながら秀吉を護衛していたのだ。事情がこうなった以上、鉄車が転じはじめたようなものだ。誰ももう外征の阻止など出来るものではない。

「しかたがない。この上は出来るだけ日本の損害を少なくすることを考えるほかはない」

と、慶次郎は思った。

そうなると、むやみに五右衛門のことが不安だ。きっと秀吉に危害を加えるに相違ないという気がしてならなかったのである。

しかし、なにごともなく、名護屋についた。よほどに気をつけて来たつもりであったが、どこでも五右衛門の姿は見かけなかった。

「やれやれ」

一応は安心したが、

「だが、まだ油断は禁物」

と、名護屋に滞在をつづけることにした。

名護屋はずっと昔この地方一帯にいた武士団松浦《まつら》党の朝鮮貿易の一根拠地であったが、

その後荒れはてて一寒村になっていたのだ。それがこんど太閤の大本営となったので、大へんなにぎわいを呈し、前面を加部島《かべ》にふさがれて狭く深い池のように見える入江のまわりの浜辺の、いたるところに板がこいの陣屋が出来て、兵士が充満していた。

慶次郎は名護屋から少しはなれた土地の農家の一室を借りて宿舎にし、毎日のように名護屋に出かけて行っては、情報をさぐった。こんな場合、然るべき大名を頼んで従軍し、一手柄立てて家をおこしたいと思っている浪人が、こうして本営の所在地に集まることは、当時よくあったことだ。この時もずいぶん来ていた。したがって、誰も慶次郎をあやしむ者はなかった。

五月半ばになると、京城が陥落したとの報告がとどいた。名護屋城の内外は大よろこびであった。

「さすがは太閤様の御威勢じゃ。はや高麗《こうらい》はまるつぶれになったわ」

「まことに古今にない御武威のすさまじさ」

と、誰もかれも言う。

人々はこの外戦をよろこんではいなかったはずだ。むしろいやがっていたのであるが、緒戦のこの景気のよさに、それを忘れた。すっかり有頂天になった。いつの時代にもかわらない人間の心理だ。

秀吉もまた意気大いにあがったらしい。

「今月中に御渡海」

とふれ出した。

慶次郎はほかの人々のようにそう単純にはよろこべない。

「朝鮮はもともと小国である上に不意を打たれたのだ。しかし、その背後には大明がある。いつまでこの調子がつづくことか」

と、思わないではいられなかった。

秀吉はすぐにも渡海しようとして、船の用意まで命じたが、なかなかそう手っとり早くは運ばなかった。その上、前田利家と徳川家康とが口をきわめて諫《いさ》めた。

「なにを申しても遠く海を越えてお出でなさることでござる。すでに夏となって、海上の荒れやすい季節に入ってもいます。思いもよらぬ不祥事がおこりましては、せっかくおさまった天下がどういうことになるか、甚だ不安でござる。殿下おん自ら御渡海遊ばすには及び申さぬ。われら両人御名代として渡海いたしましょう」

と、言ったのだ。

家康も、利家も、秀吉に先き立って名護屋に来ていたのであった。

それでも秀吉はきかなかったが、あまり二人が諫めるので、おし切っても行けず、月をこして五月になった。

その五月になって間もなく、はじめての日本軍の黒星があらわれた。

朝鮮水軍の提督李舜臣《りしゆんしん》が、巨済島の東方海上で、日本の水軍を撃破し、大打撃をあたえたのである。

李舜臣は亀船《きせん》という船をつくって、日本水軍にあたった。亀船は海上の戦車ともいうべき特殊船だ。甲板を亀の甲羅のように厚い板で張り、細い通路を十字につけただけで、あとは全部刀をさかさにして植えつけた。日本人の得意とする戦法が斬りこみ戦法なので、それを封じたのである。船首と船尾と、両舷側に都合十四の銃口をもうけ、敵の艦隊内に突入して、四面ひとしく発射するのだ。

この亀船にかかって、日本水軍は散々な敗北を喫した。はじめ甲板にむしろをかけていたので、日本軍はこんなしかけがあろうとは知らず、得たりと飛びうつった。力一ぱいに飛びうつったのだ。たまるものではない。むしろの下の氷刃に串ざしにされて、悲鳴を上げて狼狽した。

それにつけこんで、李舜臣は日本の船列中に突入、思うがままにあばれた。はじめ日本の船は全部で五十余隻あったのだが、忽ち火を発して燃え上がり、十隻足らずに打ちのめされたのである。殲滅《せんめつ》的大打撃であった。

もちろん、こんな不景気な報告は、一般には決して発表されなかったが、慶次郎は前田家の祐筆《ゆうひつ》を通じてこれを知った。

「それ見ろ、そうとんとん拍子に行きはせんぞ」

秀吉がどう出るか、興味をもって見ていた。

しかし、それでも秀吉は渡海の決心をかえたふうはない。

「五月中、おそくも六月半ばまでには渡海する」

と、ふれ出した。船支度もびしびしと進められていた。

すると、六月のはじめになって、また李舜臣が日本水軍を唐浦《とうほ》で撃破した。巨済島沖の戦いで失った船は中型以下の船ばかりであったが、こんどは大型の船三十隻を焼き沈められたばかりか、瀬戸内海水軍の勇将来島通之《くるしまみちゆき》を戦死させてしまった。朝鮮海峡の制海権は、今や朝鮮水軍の手に帰したといってもよかった。

さらに数日の後、薩摩の家来で梅北宮内左衛門《くないざえもん》という者が同志を集めて叛乱をおこし、肥後の佐敷《さしき》城を攻めおとし、八代城に迫るという事件がおこった。

この事件はわずかに三日間でしずまり、梅北は討ち取られたのであるが、自分の威風に靡《な》びき切っていると信じきっていた国内にこんなさわぎが起ったことは、秀吉をおどろかせたに相違ない。

「渡海は来年三月」

と、一挙に大はばな延期を発表した。

こうなると、名護屋は一時の駐屯地ではなくなる。随従の大名らはそれぞれに半永久的な邸宅を営む必要がある。

さかんな土木工事がはじまった。

諸国から工人が入りこみ、博多、堺、京、大阪から町人が来て店びらきし、遊女屋までひらかれて、一寒村名護屋はまたたく間に大都会となった。

「どうやら、これでしばらくは変化はないようだな」

と、慶次郎は判断した。

五右衛門のことも、こちらの思いすごしかも知れないという気がした。一度京にかえって五右衛門の様子を見て来たいと思った。

三

きびしい暑熱の中を、京にかえりついた。

早速大仏前に行ってみた。すると、五右衛門はちゃんと在宅していた。おちつきはらって迎えた。

「お久しいですな。ずっとこちらへお出ででしたか」

と言った。

「しばらく西国の方へ行っていましたが、貴殿はいつこちらへ？　東国の方へお出でになったということでありましたが」

と、きくと、

「はは、東国は東国でも、美濃まででありました。御承知の通り、美濃は川筋が多くて、釣りの面白いところです。あまり世の中のことに気が立ってならんものですから、一月ほどあちらで釣りをして、三月半ばにはもうこちらへかえって来ました。そうそう、太閤殿下が御出陣の十日ほど前のことでありました。気をしずめるには釣りほどよいものはありませんな」

のんびりした話だ。その上、次ぎから次ぎへと釣りの話をする。楽しげでならないふうだ。

慶次郎はのぼせ上がって大わらわになっていたこの二、三カ月の自分をかえりみて、ばかばかしいような、はずかしいような気がした。おれはひとり角力《ずもう》を取っていたのだなと、おかしかった。

「貴殿はまた西国はどちらへ？」

と、五右衛門がきいた。

「肥前の名護屋へ行っていました」

正直に答えた。

「ほう、それはまた異なところへ」

と、おどろきの目をみはる。慶次郎は思い切って言った。

「貴殿をお疑い申していたのです」

「拙者を、拙者の何をお疑い？」

益々おどろいた顔になる。

「貴殿は殿下をたおさねばならぬと仰せられた。それで、拙者、貴殿は東国に行かれたのではない、西に向かわれたのだと、判断したのでござる」

五右衛門はからからと笑い出した。おかしくてたまらないような笑いであった。

慶次郎は自分も一緒になって笑っていたが、いつまでも相手が笑っているので、少しばかり不快になって来た。だから、笑いをやめて、相手を見ていた。

相手はなお笑いつづけた後、やっと笑いやんだ。

「失礼いたしました。はははは、いや、これはこれは、はっはははは、そうでありましたか、とんだお骨をおらせ申して、申し訳ござらん。いや、しかし考えてみると、貴殿がそうお疑いになったのも、無理はござらんな。あの節、拙者がああ考えたのは心からのことでありましたから」

「あの直後、お気持がかわったのですな」

「そうです。世捨人《よすてびと》の拙者などがかかずらうべきことではない。これまでも世の中のことすべてを見ず、聞かず、言わずで通して来たものを、今さら娑婆気を出してどうなろう、と、思いかえしたのです。しかし、やはり心が静まらんので、美濃に釣りに出かけたという次第。おかげできれいさっぱりと昔の自分にかえって京にかえることが出来ました。釣りにかぎりますぞ、釣りに」

と、また笑った。

「なるほど、そううかがえば、お顔に日やけのあとがのこっていますな」

「はは、さようか」

五右衛門は大きな手でつるりと顔をなでて、また笑いながら、

「春の日で気長にやいたのでござる。なかなかさめませんわい」

茶のごちそうになって帰途についたが、その途中、ふと思った。

「ばかばかしく笑いおったな。腹が立つくらいであったぞ……」

とにかくも、慶次郎はすっかり安心して、社家町の住居に久しぶりの閑居を楽しみ、風雲の動きをよそに見て、読書したり、時に光悦を訪問したりして日を過ごしていたが、七月中旬に入って間もなく、かねて病気であった秀吉の母大政所《おおまんどころ》が重態におちいったというわさが伝わって来た。

大政所のこの病気には孝心厚い秀吉はひどく心配して、天下の諸社諸寺に平癒の祈願をこめ、おごそかな修法を行わせ、いのちをちぢめても母のいのちを救いたいと立願していたほどであったので、人々は、

「殿下の御心痛いかほどであろう」

と、そぞろ同情していたのだ。

危篤の報が名護屋に到着したのは、二十一日であった。

その翌日、秀吉はとるものも取りあえず、海路、帰京の途についたが、大政所はその二十二日に、聚楽第ではかなくなった。八十歳であった。

秀吉は二十九日に大阪について、そこで母の死んだことを聞き、おどろきと悲しみのあまり気絶した。

「殿下ほどの豪気なお人がのう」

「なんという御孝心」

話を伝え聞いた世の人々は、涙をこぼして同情した。

たしかにこれは胸打つ話であった。秀吉ほどの高い地位にあり、赫々《かっかく》たる功業があり、しかも五十六という年にある人が、これほどまでに親を慕うのは、奇特きわまることであった。孝を至上の道徳としている時代だ。人々が感心したのは道理であった。

数日の後、慶次郎は光悦を訪問したところ、色々な話の末、ふと光悦が言った。

「殿下の御帰京の途中、大変なことがあったことを御承知ですか」

「どんな話でしょう」

「殿下の御座船の船頭が容易ならぬたくらみを抱いて、御座船を難破させたという話ですが……」

「まるで聞きません」

ほんとに知らないことであった。

四

名護屋を船出遊ばして、馬関海峡にさしかかられたときだと申します。あのあたりは潮の流れがことのほか速く、かくれ岩など多いところの由でありますが、そこで御座船がかくれ岩にのりかけました由。船は破れる、潮はいって来る、まことに危いことになりました。殿下は御近習のお人々に助けられて、どうやら近くの岩におうつりでありましたが、全身潮びたしになられましたので、お着物を脱ぎ捨て、お裸かで、お佩刀《はかせ》ばかりをお持ちになっておられました由。

ところが、せっかくおうつりになったその岩もまた危い。潮の干満によってあらわれたりかくれたりする岩であります。おりしも満潮にかかっていましたので、御座所は次第にせばまって来ます。剛胆この上もない殿下でいらせられますので、おちつきはらっておられた由でありますが、おつきの人々の気のもみようは、一方でありません。往来の船でもいたら呼ばわりとめようと、目を皿にして見まわしていましたが、殿下の御座船通過の由をふれ出してありましたので、一隻の帆の影も見えません。

「いかがせん」

と、案じわずらっていますと、はるか西のほうから帆を上げて飛ぶが如くに走って来る船の影が見えました。

「やれ、うれしや。あれを呼びとめねば」

と、声をかぎりに呼び立てようとしますと、その船はすでに御危難のことを知っていると見えて、側に来るや、沈みかけている御座船に舷側をおしつけました。

これは毛利宰相秀元様のお船で、殿下をお見舞いのために名護屋に行かれる途中、小倉で殿下が御帰京の途にあられると聞いて、あとを追うてまいられたのでありました由。

ともかくも、これで殿下はからきおいのちを助かられたのでありますが、御座船の船頭にたいするお怒りが強く、

「にくいやつめ、成敗せよ」

と申されて、ほど近い磯にお船を寄せられ、沈みかけている御座船からその船頭を連れて来させられ、お側衆をして、一刀に首をはねさせられましたとか。

その船頭は播州明石の者で、与次兵衛と申し、年三十ほどの大男のたくましい人物でありましたとか。

麻のかたびらに小紋の袴をはき、左右の手をお側衆にとられて、御前へ連れられて来ましたが、御前六、七間のところまで近づきましたところで、うしろより首を落とされました由。

ところが、船乗共の話によれば、明石与次兵衛は、さすが御座船の船頭にえらばれたほどあって、なかま中に聞こえた上手な船乗りにて、ことさらあのへんの海は幾十百度となく往来して、自らのてのひらを指すほどにわきまえているはずであるのに、このようなあやまちをしでかしたのは、解《げ》せぬところと申すのであります。

殿下も御成敗の後、このとり沙汰を聞かれて、

「さてもはやまったり。うしろにあって糸を引く者を詮索すべきであったわ」

と仰せられました由。

からくりの世

一

光悦の話を聞いて帰る道すがら、慶次郎は明石与次兵衛は石川五右衛門となにかの脈絡があるのではないかという気がした。

両者の間を結びつくべき証拠はなんにもない。推察のなり立ち得ることもない。しかし、なんとなくきなくさいものが感じられるのだ。

（一応、与次兵衛という男の素姓をしらべてみる必要がある）

と、思った。

五右衛門はそんな気持は捨てたといった。釣りばかりしているともいった。

（しかし、あの笑いぶりは……？）

はらの立つくらい高々と笑った五右衛門の笑い声が、耳の中によみがえって来た。

（あの笑いは、おれの迂闊《うかつ》さを嘲ったのであったかも知れんぞ！）

がくぜんとした気持であった。

「とにかく、行ってみよう！」

決心した。

そこで、家にかえると、旅立ちの用意をし、翌日、京を出た。

三日の後、明石についた。

明石が城下町になったのは、この時から二十数年後になるが、この頃からかなりな村落であった。土地の人々に、与次兵衛のことを聞き合わせた。すでに、人々は与次兵衛のひきおこした事件を知っている。三人も家来をひきつれ、松風のような名馬をひかせた、見るからに身分ありげな武士がそんなことを聞くので、おそろしげな顔をして、はかばかしく答えようとしない。それをなだめたり、すかしたり、またいく人にも聞いて、大体わかった。

与次兵衛はこの国三木《みき》の城主であった別所氏の一族であったというのだ。

十数年前になる。秀吉は信長の命によって中国平定にとりかかり、三年ほどの間に、赤松氏と浦上氏を降したが、三木城の別所長治《ながはる》は豪勇無双で、宇喜多《うきた》、毛利両氏と謀を通じて、おそろしく強い。秀吉の軍はしばしば敗られた。秀吉はやむなく持久戦に持ちこんで、大軍を以て厳重に城を包囲して、兵糧攻めにすること数カ月にして、やっと攻めおとしたのであった。こんないんねんがあるから、別所氏の遺族なら、秀吉にうらみを含む者があるのは、十分にうなずけることではあった。

（五右衛門とは関係はないらしいな）

と、思った。

念のため、与次兵衛の屋敷があったという所に行ってみた。明石の町の海べに近く、かなりに大きいかまえの家であった。練塀をめぐらし、その上からうっそうたる庭木の梢が見え、相当大身な武士の屋敷といっても通るほどのかまえであった。

以前はここに下人まじりに十数人いたということだが、あの事件の知らせが土地に到着する一両日前に、一人のこらずいずれかへ立ちのいて、役人共が駆けつけた時には、この広い屋敷がからになっていたという。このことは、どこか心に引っかかるものがあった。

「昔はともあれ、船頭風情の家の者にしては出来すぎている。どんな組織《しくみ》があれば、そんなに早く連絡がとれ、すばやい働きが出来るのであろう。ずいぶん一味の者が多かったのであろうか」

けれども、その上のことはもうわかりそうになかったので、滞在二日で、帰京の途についた。往路は西国街道をとって急行したが、帰りは急ぐ旅ではない。秋も最中《さなか》になって、天候もやや定まっている。持ち前の風雅心が出て、淀川の河原には至るところに薄《すすき》の穂が出、堤防の下の田圃道には曼珠沙華《まんじゅしゃげ》の花が血のしぶいたように紅い色を見せている。日ざしは真昼のほんのひと時だけがまだ強烈だが、あとは暑からず寒からず、まことに快適だ。明石を出てから二日目に、鳥飼の里にたどりついた。この里は国文学の上では名所だ。平安朝の中期には大へん繁昌したところで、遊女なども多勢いて、京から公卿衆が淀川を下ってよく遊びに来たと伝えられる。

ある時宇多天皇がこの近くにある左馬寮の牧場に行幸されて、その帰りがけに船の上で歌会《うたかい》を催され、その後管絃の御遊《ぎよゆう》をなさった。すると、鳥飼の遊女等が大勢船にのっておしかけて来た。これは当時の遊女のならわしであった。彼女等は客から招かれればもちろん行くが、招かれなくても、おしかけて行ってよいことになっていた。

天皇は大へん面白がられて、御船に上げて、唄などうたわされたところ、その中にとくべつ器量がよく、とくべつ声美しく節おもしろく歌う遊女がいる。

「その方の名は?」

と、天皇がおききになると、

「白女《しろめ》と申します」

と、こたえる。

「何者の娘だ。よしありげに見える」

と、重ねておたずねになると、本人はためらって答えない。他の遊女がかわってお答えする。

「丹後守大江ノ玉淵《たまぶち》が娘であります」

天皇はおどろいて、しばしおことばがなかった。大江ノ玉淵は平城《へいぜい》天皇四代の子孫で、歌人として有名な人物であったのだ。人の運命ははかられないものとはいえ、皇族といってもよいほどの名家に、しかも一流の人物を父として生まれたものが、遊女になっていようとは、思いもよらないことであった。

天皇は白女をおん身近く召して、いわれた。

「そちの父玉淵は世にすぐれた歌人であったが、そちにもそのたしなみがあるか」

「いささか」

「詠《よ》んでみるように」

「御題をたまわりとうござります」

天皇はその日の歌の題であった「とりかひ」という題をお示しになった。すると、白女は筆をとってさらさらと書いた。

　ふかみどりかひある春のあふときは
　霞ならねど立ちのぼりけり

天皇は涙ぐまんばかりに感心されて、着物ひとかさねを引き出ものとして賜うた。すると、列座の公卿達も先きを争って着ものをぬいであたえたので、それがうず高くつみ重なって、二間ばかりの間に一ぱいになったという話がある。

そんなことを思い出しながら、慶次郎は馬を下り、堤防の上に草をしいて腰をおろし、どのあたりが馬寮の牧場であったろうか、遊女らの家はどのへんにあったろうかなどと、思いを馳せていた。うち見たところ、昔のおもかげはどこにもないようだ。赤みをおびた秋の午後の日ざしの流れている中に、黄熟しかけた稲田がつづき、所々に森があり、さびれはてた部落が散らばっているばかりで、どこにもある平凡な田園の風景だ。

歴史を知ることは天地の悠久を知り、人間の営みのはかなさを悟ることでもある。

慶次郎は悵然《ちょうぜん》たる思いを胸にみたされて、ややしばらくながめまわした後、こんどは背後の川に目をはなった。西国一の大淀の流れだ。川はばも広ければ、水量も多い。このへんは摂津河内の平野地帯なので、流れもきわめてゆるやかだ。悠々として今古《こんこ》を知らず流れている趣がある。

時のたつのを忘れて、凝《じっ》として眺め入っていた慶次郎の目に、ふと、上流の方から下って来る船が入った。

その船は乗合舟であるようであった。さまざまの身分と職業の人が十数人ものっていた。両岸の景色をながめながら、にぎやかに話し合っている様子だ。声は聞こえないが、様子でわかる。

(面白そうだな)

と、微笑をふくんで見ているうちに、慶次郎ははっとした。船の中ほどにすわっている男が五右衛門に似ているような気がしたのである。

(似ているぞ。しかし、まさか……)

あまり図星《ずぼし》だと、人はかえって疑惑するものだ。疑いながら見ていると、その男の方でも慶次郎に気がついて、見つめはじめた。

「いや、やはり五右衛門だ。間違いない」

と思った時、五右衛門の方でも見きわめがついたらしい。ニコリと笑って、大きく手を上げて振ったかと思うと、

「おーい、前田どのーッ！」

という声がとどいた。

「おーい、石川どのーッ！」

こちらも微笑して、手を上げて振った。二、三度呼びかえし、合図し合ううちに、ゆるやかに見えても中流のあたりは相当に流れは急なのであろう。見る見るうちに遠ざかって行った。

「どこへ行くのかな。まさかこんどは海釣りときめこんだわけではあるまい」

と、思いながら立ち上がった。

秀吉が大阪城にいるのなら、慶次郎も一応の疑いを抱いたかも知れないが、大政所《おおまんどころ》の葬を送った後、秀吉は伏見にいて、ここに新しく城を築きにかかっているのだ。

「馬を」

呼ぶと、少し離れたところで、松風の手入れをしていた家来共が、馬をひいて来た。またがって、いそがない足どりで馬を進めているうちに、五右衛門のことが気になって来た。

「どうもきなくさい！」

ふりかえってみると、はるかに遠く、今はもうほのかに黒い一点のようにしか見えなくなっている。

おりしも岸べの芦の中でガサガサと音を立てているものがあるので、見るとそこにつないだ舟があって、それを中流に流そうとして、ほっかむりした百姓ていの男が棹を突ッぱっているのであった。

「尾《つ》けてみよう」

と、とっさに決心した、馬をとめて、

「おい」

と、芦の間に声をかけた。

二

翌々日の夜のことであった。空には月があった。

慶次郎は明石の浦から海べに沿うて小一里の垂水《たるみ》の浜の、岸にひき上げた漁船のかげの砂上に大あぐらですわっていた。彼の目は、そこからつい半町ばかり向うの部落に向いている。このへんの漁師村だ。おしつぶされたようなみすぼらしい家が、ごちゃごちゃと二、三十戸かたまっている部落。その一つに五右衛門が入っているのであった。

彼はあれから、家来共と馬は京にかえして、あの船をやとって、五右衛門を追跡して来たのである。

「やはりそうだ。見当があたったのだ。ここは明石ではないが、あの家には与次兵衛の一族か、一族ではないまでも関係のある者が住んでいるにちがいないのだ」

と、慶次郎は信じている。

（さて、どうしてくれよう？）

と、さっきから思案している。万やむを得なければ、いきなり入って行ってみてもよいが、出来ることなら、事を大げさにしないで、五右衛門とだけ対決したかった。

（いそぐことはない。あのせまい家に泊まることはあるまい。どうせ今夜中には出て来るであろう）

度胸をすえて、時々月の光の中に霞んでいる淡路島を眺めたり、部落のはずれに黒々とつづいている松林の方を眺めたり、月光をくだいてゆるやかにうねり揺れている波に目を遊ばせたりしていた。およそ二時間ほどの後、目あての家の背戸《せど》にパッと灯明りが見えたかと思うと、黒い人影が三つ、砂をふんで近づいて来る。

慶次郎は背中を船べりにおしつけ、呼吸をころし、凝視していた。彼はいつか忍術の初歩は動かないことであると聞いたことがある。人間の目というものはきわめて不確かなものであるから、動きさえしなければ、ちょいとした地物《ちぶつ》の間に身を蔽うものもなく立っていても、なかなか見つからないものだ。ましてや立木の蔭やもの蔭なら、よほど目の鋭い者にも発見されないというのだ。それをこころみているわけであった。目の玉さえ動かさなかった。

三人はざくりざくりと砂をふみながら、慶次郎のつい近くまで来て立ちどまった。一人は五右衛門、あとの二人は女と七つ八つの少年であった。

「それではここで別れよう。よろずに気をつけるよう」

と、五右衛門は言う。月の光をまともに受けている顔がおそろしく青く見えた。

「ありがとうございました。あなた様もお気をおつけ下さいまして」

と、女は答える。年頃二十七、八、やさしいからだつきをしている。顔も美しいようであった。与次兵衛の妻女なのであろうと、こちらで慶次郎は見当をつけた。

「元気を出せ。心配なことがあったら、いつでもわしのところへ来るんだぞ。いいか、坊主」

五右衛門は大きな手で、子供の肩をつかんでゆすぶり、からからと笑った。たしかに与次兵衛の遺族にちがいないと思われた。のこされた妻子なのであろう。五右衛門は弔問に来たのに相違ない。

三人は別れた。女と子供は立ちどまって見送り、五右衛門は遠ざかって行く。月の光を真上から受けて、東に向かって行く。

女と子供とが自分の家にかえって戸を立てたのを見すまして、慶次郎はかくれがを飛び出した。彼は五右衛門のあとを追わない。部落を突っ切って西国街道に出、街道を東に走った。街道は部落をはずれたあたりから松原に入る。彼はその松原の中の街道をなお四、五町走りつづけてから、海の方に向かい、大体五右衛門が来かかるにちがいないと思われるあたりで足をとめ、松の幹に背をもたせて待った。

待つほどもなく、砂をふむ足音が近づいて来た。中天にのぼった月が木の間をもれて斑点《はんてん》をつくっている中を、五右衛門の特徴のあるからだが、ちらりちらりと明るくなったり暗くなったりして近づく。二間ほどの距離まで来た時、慶次郎はずいと一歩出た。相手はどきっとしたらしい。一歩退った。刀のつかに手がかかって、じりじりと腰をかがめた。獲物に狙いをつけた豹がおどりかかる構えをとる姿に似ていた。

「前田慶次郎です」

と、こちらは名のった。

「あっ」

五右衛門はおどろきの声をあげたが、忽ちからからと笑い出した。

慶次郎もおとらぬ大きな声で笑って、

「ところで、明石与次兵衛というは、三木《みき》の別所の一族である由でござるが、貴殿はずいぶんおなじみが深いようでありますな」

と、問いかけた。

気持の整理の出来ていないところに問いかけられて、さすがの五右衛門もどう答えてよいかわからないらしく、返事しなかった。

「明石与次兵衛が太閤殿下のお船をことさらかくれ岩にぶちあてて、殿下に危害を加え奉らんとして、打ち首になったことは、貴殿も御承知でありましょうな、ずいぶん高い噂になっていること故。さらにまたその家来共がお尋ね者になっていることも、御承知でござろうな」

「お待ちなさい」

やっと五右衛門が口をひらく。片手を上げて制して、

「貴殿は一昨日、淀川の堤の上においでであリましたが、あれはこちらへ参らるる途中でありましたか」

「いや、こちらへ来て、京へかえる途中でありました。しかし、貴殿が大淀を下らるるのを見て、てっきりここへお出でになるのだと見当をつけましたので、ついてまいったのであります。拙者の調べた所では、与次兵衛は貴殿の一味で、貴殿のおさしずを受けて、あの大事に踏み切っている。ここまでのところはすでに十分に調べがついている故、貴殿にお尋ねするまでもない。拙者が知りたいのは、貴殿方の背後に誰がいるか、それです」

慶次郎の言うところは、すべて見当だけのハッタリなのであったが、言っているうちに、そうにちがいないと確信するようになった。

「ハッハハハハ」

いきなり五右衛門は笑い出した。

「御苦労なことでありますな。よくお調べだ。しかし、拙者の背後には誰もおらぬ。拙

者は天上天下唯我《ゆいが》独尊を以て自ら任じている。人のさしずなど受けてことを為すものではござらん。いつぞやもお話し申し上げた。太閤殿下のこの世における用事はもうすんだ。この世においての用事のすんだ人は、世間の片隅に小さくなって、なるべく目立たないようにしているべきものでござる。でなければ、新しい世の中のじゃまになる。ところが、太閤殿下という人は、隅に小さくなんぞなっていることの出来るお人ではない。娑婆《しゃば》気が強すぎるのだ。あれほどに才能あり、あれほどに地位ある人が、用のすんだからだでがんばっていてもらっては、じゃまどころか、大害をなす。現に高麗の戦さがそれだ。どうでも消えてもらわねばならんのです。拙者一人の思い立ちだ。すでに貴殿をおさそいしたこともある。貴殿はそれをおことわり申された。与次兵衛は別所の一族で、かねてから殿下にうらみを抱いていた故、一議に及ばず同意したまでのこと。背後の人などあろう道理はござらん」

もち前の滔々《とうとう》たる雄弁だ。論理のつじつまも合っている。しかし、背景があるということは、今はもう慶次郎の確乎たる信念になっている。

「貴殿にはついこの前、きれいさっぱりとだまされています。うかつに信用するわけには行きません」

というと、五右衛門はまた哄笑した。

「いかさま、ごもっともだ。しかし、御信用なさろうとなさるまいと、拙者は申すだけのことは申した。失礼いたす」

慶次郎の横をすりぬけて、スタスタと行きかかる。

「待たれよ！」

と呼びとめた。

「エエイ！　うるさい！」

いきなり雷鳴した。はっとして飛び退った。斬りつけて来たと思ったのであった。ぱらぱらとまばらな雨のような音を立てて、松葉が降ってきたが、もうその時には五右衛門の姿は見えなかった。天に消えたか、地にもぐったか、月光の斑《ふ》の散りみだれている松林の中には曲がりくねった幹が立ちならんでいるだけであった。かき消したようであった。

三

二年立って、文禄三年の秋のことであった。この頃は朝鮮の役のことはずいぶんいいかげんなものになっていた。秀吉はこの前年の秋、秀頼が生まれたので大阪にかえって来て、再び名護屋に行こうとしないし、外地では和議がおこって、積極的な戦争は中止の状態になっていること、ほぼ一年になっていた。

すると、九月末のある日のこと、慶次郎は光悦の宅で、意外千万なことを聞いた。数日前の深夜、伏見城の秀吉の寝所近くで、怪しい曲者が宿直《とのい》の武士等に捕えられたというのだ。曲者はおそろしく強かった。仙石権兵衛だの薄田隼人正だのという、天下に勇名を謳《うた》われている武士等が十五、六人もかかったが、よりつくことも出来ないほどであった。そのうち、仙石権兵衛がうしろから組みついて、足をからんでおれ重なってたおれたので、皆がよってたかって、やっと取りおさえた。

厳重に忍び装束しているのを、顔をつつんでいるきれをはらいのけてみると、色白く、眉太く、そりあとの青々とした、りっぱな相貌だ。

役人に下《くだ》して、取調べがはじまって、名をきくと、

「石川五右衛門。もの盗りでござる。威権かくかく、草木もなびく太閤殿下の御居城、しかも御寝所に忍び入って、何なりともあれ、盗み取ることが出来れば、盗人《ぬすびと》冥利、盗人なかまにはばがきくのでござる。そのために忍び入り申した」

と、言った。その堂々たる相貌を見ただけでも、単なる盗賊とは思われない。取調べの役人等は他にゆゆしい目的を抱いていたのではないかと疑って、尋問に尋問をかさね、拷問《ごうもん》にまでかけたが、

「盗人でござる。盗人には盗人の見栄《みえ》がござる。しろうと衆にはおわかりにならぬことでござる」

と、せせら笑っている。どんな手痛い拷問もまるでこたえない――ここまで言って、光悦は声をひそめた。

「役人衆はこの事件を関白殿下にひっかけたいのですよ。お知りの通り、太閤殿下はあの年にな られて、思いがけなくも若君がお生まれになられました。それで秀次様を御養

子にして関白職をおゆずりになったのを御後悔なのでございますよ」

ここまで聞けば、あとは聞かずとも、わかる。秀吉が秀次を除きたい心になっているので、その気持をくんで、ごきげん取りの役人共が総がかりで秀次を陥《おとし》れようとしているのだ。案外秀吉側近の五奉行あたりからその指令が出ているかも知れない。

しかし、秀次の方だって清いとばかりは言えない。以前、五右衛門が慶次郎を秀吉暗殺の挙にさそった時、慶次郎が、

「太閤殿下は日本の鎮めになっていらせられる。殿下に万一のことがあったら、せっかく統一された天下は再び乱麻となるであろう」

といったところ、五右衛門は、

「関白殿下《はんぱく》がおられる。十分な鎮めとなる。それはとりこし苦労と申すもの」

と反駁したことがある。

あの時は単なる議論として受取ったが、今となってみると、五右衛門のあの企ては秀次の指令を受けていたのではなかったかとも思われる。とすれば、若君のお生まれになる前、秀次は秀吉をじゃまものとして除こうとしていたと言わねばならない。

(どいつもこいつも、なんという薄ぎたなさだ！)

慶次郎はいきどおろしくて、憂鬱で、生きていることさえいとわしいほどの気持になった。

四

翌月末、五右衛門の処刑が三条河原でおこなわれた。この一月の間に、一味の盗賊三十余人を捕えたというのだが、それらを釜でゆで殺すのだという。十二、三年前までは戦国の殺伐さで、ずいぶん残酷な刑罰もあったものだが、秀吉が天下人《びと》となってからは、あまりむごいしおきはなくなっているので、人々はおどろきあきれた。

「稀代のみもの」とうわさは忽ち伏見、大阪、堺、大津のあたりまでひろがって、いよいよその日になると、さしも広い河原もうずまるほどの見物人が集まった。慶次郎も行っていた。心ばかりの回向《えこう》をしてやりたいと思ったのである。

東河原の砂利原に油をみたした大釜を三つすえ、朝から火を焚《た》いて、グラグラと煮立ててあった。陰暦十月といえば、冬といっても初冬だ。おりからうららかな陽のある日であった。群衆は人いきれのため全身に汗をうかしながら、沸々と泡立ち煮えている釜の油を見つめて、時々身の毛のよだつような気持におそわれていた。

ひるを少しまわった頃、罪人らは馬で連れられて来た。五右衛門が真先きだ。馬からおろされて、小役人に縄じりを取られて歩いて来たが、おちつきはらって、少しも悪びれた風はない。やがて、煮え立つ釜のならんでいる前に来た。五右衛門はその釜を一つ一つ順々に見た。かすかな笑いのかげが口もとにきざまれたが、動揺の色は見えない。引きすえられるまま、敷かれている荒ごもの上に、ゆったりと坐った。彼につづく三十余人は彼のようには行かない。釜を見ると、肩をそびやかしたり、きびしく口をむすんだり、中にはゲラゲラと笑い出したものもあった。かなり心を波立たしていることがわかった。しかし、恐怖の様子を見せる者はなかった。一同が全部坐ると、一番えらそうな役人が出て来て、処刑書を読み上げた。見物の人々はシンとしずまりかえったが、声が低いのでよくわからなかった。末尾の、

「……不届至極につき、釜ゆでの死罪に行うものなり」

という文句だけが聞こえた。

見物人等の間から、数珠《じゅず》をおしもむ音と念仏の声が地鳴りのように聞こえた。慶次郎も数珠をもみながら、合掌し、瞑目し、念仏した。

その時、五右衛門から最も近いところにいた見物人の中から飛び出した武士があった。疾風のように五右衛門の方に走りよって行く。五右衛門につき添っていた役人はおどろいて駆けふさがった。

「何者！　狼藉！　しずまれ！」

と六尺棒をかまえておしとめようとしたが、とたんに武士が一跳躍した。

「エイッ！」

ギラッと白い光がきらめき、六尺棒は二つに切られ、役人は血煙を立ててたおれていた。武士はふりかえりもしない。五右衛門に走りより、肩に手をかけて助け起そうとした。

激湍《げきたん》

一

五右衛門は立とうとしなかった。

武士はなお助けおこそうとする。

五右衛門が何やら言った。

やはり立とうとしない。

狼狽していた役人共も、やっと気を取りなおして殺到して行った。手に手に六尺棒や、つく棒や、さす叉《また》をかまえて、せまって行く。

「うぬらア！」

武士は刀をふりあげ、目をいからせて威嚇《いかく》した。しかし、もう五右衛門を助けることは出来ないと知ったらしい。

「かねての御恩、これで報じましたぞッ！」

と、五右衛門にさけぶと、逃げにかかった。役人の一人が横合からとりのべた袖がらみが、武士の袴のすそにかかった。ギリッとからんで引くと、武士はたおれそうになった。呼吸をふくんで、武士はこらえた。満面に血をそそぎ、必死になってこらえつつ、刀を左手に持ちかえ、右手に河原の小石をひろおうとしたが、他の役人共がそうはさせまいとした。

「得たりや！」

とり巻いて、それぞれの得物をふりかざしてせまる。武士は地を這うばかりに低い姿勢となって、せまる役人共の足をはらった。一人は膝を薙《な》がれてどうとたおれ、他はあやうく片足をあげて避け、はじかれたように飛びひらいた。

しかし、袖がらみは依然として執拗《しつよう》に袴にからんで、武士の働きを制している。役人共はまたせまる。武士は再びそれを追いはらった。

刑場にむらがっている見物人等は、降って沸いたこの騒ぎに、わっとばかりにさわぎ立った。そば杖を食うのをおそれて、逃げにかかったが、好奇心もある。遠くへは逃げず、びくびくしながら見物していた。

慶次郎も群衆と一緒に位置を退ったが、ふと、ついそばに五右衛門等をのせて来た馬が数頭乗りすてられ、下僕がたった一人で全部の口綱をつかんでいるのを見ると、急に思いついて、小柄《こづか》をぬいて、一頭の馬の尻をしたたかに刺した。馬はおどろき、はね上がったかと思うと、斬合いの場にまっしぐらに駆けこんで行く。

役人共はおどろきあわて、さっと散った。

その間に、武士は河原の小石をつかみ上げ、袖がらみの役人の面部めがけてつぶてに打った。

役人は顔をふって避けた。そのわずかな弛《ゆる》みに、武士は袴のからみから脱し、おどり上がって走り出した。刀をふりまわしながら見物の中に割って入り、恐れてひらく中を飛ぶ速さで走りぬけて行った。

それだけのことを見定めておいて、慶次郎もまたその場を去って、帰路についた。途々《みちみち》、今の武士のことを考える。

「あの若者は石川の恩義をこうむった者であると言っていたが、それにしても、あの場に飛び出してああするとは、あっぱれなものだ。どんな恩義をかけたか知らんが、あれほどまでに思いこませるとは、石川の世話のしようも、一通りのものではなかったろう。ともあれ、一通りや二通りの人物ではなかったな」

改めて、五右衛門のことをしのび、冥福をいのった。

二

文禄三年が暮れ、四年が来た。秀吉は依然としてこちらにとどまって、もう名護屋には行かない。秀頼を可愛がることと、伏見城を営むことに打ちこんでいる。すっかり外戦に飽きが来て、おりしもおこった和議に全面的に望みをかけているように見える。

「言わぬことか。何のために大袈裟《おおげさ》な外征さわぎなど起こしたのだ。しかし、これで外戦がおわるものなら、大いに結構なことだ」

慶次郎は講和説をよろこんでいた。

ところが、その年の晩春の頃から、関白秀次と秀吉の間が面白くないといううわさが流れはじめた。秀吉が秀次のすることがこと毎に気に入らないので、秀次方では不安な日を送っているというのだ。

「高うは言われぬことじゃが、これは秀頼様のお生まれになった時からわかっていたことじゃて、太閤様はもう御自分の若君がお生まれになることはあるまいとあきらめをつけられた故、秀次様にあと目をお譲りになったのじゃが、思いもかけず、秀頼様がお生まれになったので、太閤様としては何としても可愛い吾子《わこ》。秀次様をあと目になおしなさったのを後悔なさっているであろうことは確かであろうよ。その御後悔が、秀次様にたいする御不満となる。知れたことよ。人の運ほどわからぬものはない。秀次様がおあとをついで関白殿下になられた時、世には果報なお人もあるもの、その家柄に生まれもせず、苦労という苦労もせず、関白の極官に上って天下をすべるお身の上になられたわと、羨まぬものはなかったに、今はそれが仇《あだ》になって、風の吹く日の葉末《はずえ》の露よりも危い身の上となってしまわれた。昔のままにただの大名衆でおられたら、今日のことの不安はなかったであろうにのう」

というささやきが、至るところにかわされた。

こんなことに対する世間の目はおそろしいほど鋭い。聚楽と伏見との間は益々険悪に

なって、秋のはじめ、七月八日、秀次は秀吉に呼ばれて伏見に出頭する途中、にわかに秀吉の使者が来て、

「これより直ちに高野山に上って後命を待て」

との秀吉の命を伝えた。

待つ後命が秀次にとってよい命令であろうとは思われなかった。武士の意気地から言えば、こんな場合には手強く抵抗して討死するのを名誉とするのだが、それも聚楽第にいればこそのことだ。こうして供回りも少なく出かけて来た途中では、はかない抵抗に終ることは明らかだ。予想しなかったことではない。供廻り厳重にと進言した家臣もいたのだ。しかし、それでは太閤殿下の疑惑をこうむっている身として不謹慎《ふきんしん》であると思って、わざと供も手薄で出て来たのだが、その心づくしが仇となったのだ。

「かしこまり奉る」

万斛《ばんこく》の涙をのんで、秀次は高野山に入ったが、それから一週間目には上使が行って、自殺を命じた。秀吉はその首を三条河原にさらした。

さらに半月後の八月二日には、秀次の妻妾子女三十余人が三条河原で斬られ、死体は野良犬の死骸でも取りすてるように、同じ穴に投げこみにして埋められた。この妻妾の中には右大臣今出川晴季《はるすえ》の姫君をはじめ大名の姫君等がいる。世間では秀吉の秀次にたいする憎悪の深刻で激烈であることにおどろいた。

「関白の職にあるお人が、非業《ひごう》の最期を遂げられた先例はない。あまりなること。まし

てや、女君達にまでこれほどのことをなさるとは。いかに秀頼様がいとしければとて、こうまで関白様をお憎しみになることはあるまいに。因果はめぐる小車《おぐるま》という、行く末めでたかるべき御政道ではないぞや」

と、ささやき合った。慶次郎もおどろいた。

「太閤様の御精神が尋常でない。外征の思し立ちといい早くも飽きが来られたことといい、この残酷むざんななさり方といい、これまでの殿下には考えられないことだ。もうろくして気が狂《ふ》れなさったのではないか」

と、思うのであった。

ある日、本阿弥光悦《ほんあみこうえつ》の宅に行ってこのことを言うと、光悦は声をひそめて言った。

「秀次様の方にも責めはあるという説があります。御自分の地位が危くなったあせりのあまり、謀叛を企てなされたというのです。去年の冬三条河原で釜ゆでにされた石川五右衛門《ごうもん》、あれを五奉行方をはじめ役人衆が秀次様に引っかけようとしてずいぶん責めさいなみ、むごい拷問にかけたことは、あの頃お話しした記憶しています。五右衛門はどんな拷問にも屈せず、ただの盗賊であると言い通してお仕置《しおき》になったのですが、その後、彼が伏見城に忍びこんだのは、秀次様の御依頼を受けて、太閤殿下のおいのちを縮め奉るためであったことがわかったので、秀次様にたいするお憎しみがこのようにはげしいものになったというのです」

慶次郎は相槌《あいづち》を打つことも忘れていた。彼もまた思いあたることが十分にある。五右衛門が秀吉を除かなければ日本の民の幸福は来ないといったのは、最初の外征軍が出発する頃だ。その頃は、まだ秀頼は生まれていなかった。しかも、五右衛門は、日本国内の鎮《しず》めのためには、太閤様はなくても、関白殿下がおられるから何の心配もないと言ったのだ。秀次謀叛《むほん》の思い立ちは、秀頼が生まれて、おのれの地位が不安になったからではない。秀吉の存在そのものが秀次には不安だったのだと見てよさそうであった。

（太閤様が生きておられるかぎり、関白殿下はいつも圧迫を感じておられたに相違ない。この圧迫感が、太閤殿下を除きたいという気に駆り立てたのであろう）

社会の最上級にある人々の腹黒さに、身の毛のよだつ気持だった。

「それが事実なら、太閤様のなされ方にも、一応も二応も理がありますな。しかし、それでも拙者は賛成出来ませんな。太閤様ほどの御身分にある人は、感情にまかせてはいけないと思うからです。どんなにお腹が立とうと、関白は関白です。切腹などお命じになってはいけないことです。ましてや、梟首《きょうしゅ》（さらし首にする）するなどということはあってしかるべきものではありません。女君方に対するお仕置に到っては言語道断、とうてい人間のなし得ることとは思われません。悪鬼羅刹《らせつ》のふるまいといってよろしい」

いくらののしっても慶次郎には十分とは思われなかった。

「一々ごもっともです。たしかに、殿下の御精神は異常になっておられます。かつての殿下は戦国の武将にめずらしく人を殺すことがおきらいであり、天下をお取りになったのもそのためが大いにあると、わしは思っていたほどでありますが、お人がまるで違って見えます」

と光悦も嘆息した。

「その通りです。くれぐれも殿下のためにおしみます。殿下御自身で果報の芽をつんでおられるのです。因果はめぐる小車、行く末めでたかるべき御政道でないと、世間で言っている由ですが、拙者もそう思います。秀頼様万歳のためと思ってなされる殿下のなさり方が、かえって秀頼様の御運勢をちぢめているのだと思います」

言っても、言っても言い足りない思いであった。

三

歳月の流れに遅速《ちそく》はない。一日は常に二十四時間であり、一年は常に三百六十五日である。しかし歴史の流れには遅速がある。十年が一日のごとく平穏無事で流れる時があり、一年が一世紀ほどに変化の多い時がある。この小説の時代がそうであった。

この翌年の文禄五年（慶長元年）の閏《うるう》七月に京阪の地に大地震があって、家屋の倒壊、死者無数で、酸鼻《さんび》をきわめた。

最も人々をおどろかせたのは、雄大豪壮華麗、この世ながらの喜見城《きけんじょう》と時の人に言われていた秀吉の居城伏見城が大破壊し、方広寺の大仏殿がくずれ、御本尊の大仏がめちゃめちゃになったことである。この大仏は数年前、秀吉がおのれの天下統一の功業を記念するために建立したものであるが、こうなったので、秀吉は激怒《げきど》した。

「衆生済度《しゆじようさいど》の本願を持つというくせに、自らの身すら守り得ぬとは、飛んでもなき食わせものめ！」

とののしって、弓に矢をつがえて大仏を射たのである。

秀吉としては、一種のてれかくしもあったにちがいないが、世間はそうは思わなかった。

「益々御正気のおふるまいではないぞ」

とささやき合い、正気を失った絶対の権力者に治められている身の恐しさにふるえ上がった。

大仏殿はこんな工合にして打ち捨てられたが、伏見城はもともと明《みん》の講和使節を引見《いんけん》する場所にしようとして造営されたものだ。壮大豪華な城の様子を見せることによって、おのれの権力の大を知らしめようと意図したのであった。

大急ぎで、修理にかかった。しかし、その修理が出来ないうちに、明の使者等が到着したので、急に予定を変更して、大阪城で引見することになった。

明使の引見は九月一日に行なわれた。秀吉は上機嫌で、明使の献上する明の衣冠《いかん》を受け、翌日は真紅《しんく》のその服をつけ、明冠をいただいて、使者等を饗応《きようおう》したのであるが、その翌日にはもう和議が破れた。

秀吉は明が日本軍の猛撃にたえず降服を申しこんだものと考えていた。従って、領土も朝鮮の半分くらいは取ろうとし、明の皇女を人質《ひとじち》の意味で天皇の妃によこさせようと

心組んでいたのであるが、明使の持って来た明帝の書には、こちらを降伏者あつかいにして、

「爾《なんじ》を封《ほう》じて日本国王となす」

とあった。おどろくべく、そして滑稽千万な行きちがいであった。

これほどの行きちがいを、講和談判の衝《しょう》にあった者共が知らないはずはない。彼等は秀吉をだましていたのである。もっとも、秀吉にも一半の責任はある。彼のこの頃の行状はすっかり戦争に飽いて、一応の面目さえ立てば、喜んで講和する気でいるのではないかと人に思わせるものが十分だったのである。が、これでは、秀吉の面目はまるつぶれだ。秀吉はみじめな、そして最も滑稽なピエロとなり果てたわけだ。

秀吉は激怒した。即座に明使を追いかえし、再征の命が発せられた。朝鮮にまだとどまっていた諸大名は再び戦備をおさめたし、すでに引上げて来ていた諸将は再び朝鮮に向かった。

しかし、こんどの戦《いく》さには諸将はとくべつ不熱心であった。前役《ぜんえき》とちがって敵の戦備がととのっていて手ごわかったせいもあるが、半島の奥深く入ることもせず、南部の数《す》道《どう》だけにぐずぐずと滞陣しているのであった。しかも、敵の水軍は依然として強い。戦局は、惰気《だき》満々として、少しも展開の様子を見せなかった。

こうして慶長二年が暮れて、三年が来たが、一体秀吉はどんなつもりだったのであろう。数万の日本軍が気候風土のちがう異域に櫛風沐雨《しっぷうもくう》して艱難《かんなん》している時、その三月に

醍醐《だいご》の三宝院で観桜会《かんおうかい》をもよおしたのである。彼一流の大仕掛なものだ。正月からかかって、三宝院の建物をあるいは改築し、あるいは修理した以外に、休息のために新たに寝殿《しんでん》づくりの御殿その他を営ませ、諸大名から巨岩大石を集めて庭づくりし、伏見から醍醐《だいご》までの三里の道には飾り立てた柵を結《ゆ》い、途中には各大名等に休息所を営ませた。これがただ一日の遊楽のためにしたことだ。秀吉はやっと六つになる秀頼を伴い、数百人の女共をしたがえて、醍醐にくりこんだのである。

しかし、この花見が彼の豪奢の最後であった。この時から一月半の後、彼は病気になった。痢病《りびょう》であった。はじめの間はほんのかりそめのものと思われていたが、次第に重くなり、七月下旬には絶望状態となり、八月十八日、ついに六十三を一期《ご》として伏見城で死んだ。

曠世《こうせい》の英雄といわれ、またそういわれるに値する花々しい功業を成した秀吉であったが、その彼ほどみじめな死を遂《と》げた者も少なかろう。やっと六つになった秀頼の将来を心配しつづけて、最も油断のならない人物であることを知りぬいている徳川家康に、秀頼のことを泣いて頼みながら死なねばならなかったのだ。しかも、その死は肉親の者や妻妾やごく一部の近臣以外には、誰一人として悲しんでくれる者がなかった。それどころか、民はもちろんのこと、大名等まで、その死をよろこび、

「やれ、やれ、これでやっと朝鮮の戦さざわぎからまぬかれることが出来る」

と、安心のといきをついたのである。

秀吉死後の第一の問題は、在鮮の将士をいかにして無事に引上げさせるかであった。早くも秀吉の死を知った明軍や朝鮮軍の勢いはにわかに活潑になって、日本軍は至る所で苦戦しなければならなかった。徳川家康をトップとする五大老や石田三成をトップとする五奉行等の苦心は一通りのものではなかった。しかし、とにもかくにも、その年の末までには引上げを完了することが出来た。

四

もうろくしていようと、気が狂《ふ》れていようと、秀吉は絶対の権力者であった。彼のにらみによって日本は静ひつであり、秩序が保たれていたのだ。その秀吉が死んだとあっては、世の中に何となきざわめきがおこり、秩序のたががゆるみ気味になるのは当然のことであった。

秩序は先ず秀吉死後の第一の実力者である家康によってふみにじられた。秀吉が死ぬ少し前に定めて五大老の名で出させた法令の中に、

(諸大名相互の間の縁組は必ず公儀の許しを得てすること)

という項目があったのに、家康は有力な外様《とざま》大名等としきりに嫁のやりとりをした。伊達《だて》政宗の娘を子忠輝《ただてる》の嫁にめとり、養女を福島正則《まさのり》の子に嫁入らせ、外曾孫《がいそうそん》を養女として蜂須賀《はちすか》家に嫁入らせた。

他の大老や五奉行等がこれを問題にして反省をもとめ、

「このように故太閤殿下の定めおかれた御法度《ごはっと》にお背《そむ》きなされるのはどういうわけでござろうか。御返答明らかならずば、五大老の列より除くよりほかはござらぬ」

と申しこむと、立腹して、

「わしが無断で縁組みしたのは手落ではあるが、これを理由にして大老職を剝《は》ごうとは推参《すいさん》なる申し条。わしは故太閤の遺命によって大老職にすわっている。そのわしから大老職を剝ごうとは、これ即ち故太閤の遺命に違反することではないか」

と、逆襲する始末だ。

理窟もへちまもない。今や家康はおのれを天下第一の実力者であると信じて、横車《よこぐるま》をおしているのだ。即ち、天下取りの小手《こて》しらべをはじめたのだ。京阪の地では、家康とその反対党の間に、今にも血の雨が降るかと思われるような危機が幾度かあった。しかし、それも、家康に次いで人望と勢力のあった前田利家が慶長四年閏《うるう》三月、つまり秀吉が死んで八カ月後に病死すると、もう誰一人として家康と正面から立ち向かうことの出来るものはなくなった。家康は天下様気取りで伏見城を住いとし、つづいて大阪城の西の丸に入ってここを住いとした。

こうなると、大名などというものは、なまじ富や身分を持っているだけ利に敏《さと》い。大《たい》勢《せい》のおもむくところを敏感にキャッチして、ほとんど全部があたかも主人につかえるように家康に奉仕しはじめた。

慶次郎はこうした時勢の動きをまるで忘れ果てたもののように、加茂の社家町の寓居《ぐうきょ》に閉じこもって、ひたすら読書に打ちこんでいた。本阿弥光悦の宅にもほとんど行かない。たまに行っても、話題にするのは文学風流のことだけだ。天下の形勢や政治上のことなど、まるで口にしない。

その頃のある日のことであった。光悦の家に遊びに行った。いつもの通り、中門から庭に入って、書院の方に行くと、光悦は来客に応待しつつあった。

「これは失礼、浮《う》か浮かと入って来てしまいました。あちらで待たせていただきましょう」

と言って退《さが》りかけたが、光悦はとめた。

「いや、こちらの用談はもう終りました。お上がり下さい」

客もまた会釈《えしやく》して、

「拙者はもうお暇する所でござる。御斟酌《ごしんしやく》には及びません」

と言う。

「さようでござるか、それでは……」

上がったが、慶次郎はその三十年輩の武士の顔に、どこか見覚えがあるような気がした。

(はて、誰であったろうか。たしかに見た顔だが……)

と思っているうちに、武士は光悦にいとまを告げて立ち上がった。

「しばらく失礼」

光悦は慶次郎に会釈《えしやく》して、武士を送りに立った。

ひとりぽつねんと庭を眺めながら慶次郎は武士が誰であったかを思い出そうとつとめたが、思い出せない。

(それほど遠いことではない。古くとも先ず五、六年前あたりに見た顔だが……)

しきりに記憶のページを繰《く》っていると、光悦がかえって来た。

「失礼いたしました」

「いや。こちらこそ。——つかぬことをお尋ねしますが、今のは誰であります。拙者たしかに見たことのある人物ですが」

と、きいた。

「加藤肥後守《ひごのかみ》殿の家臣で田中兵助《ひようすけ》というお人であります。刀の研《と》ぎのことで肥後守殿のお使いで見えたのであります」

覚えのない名前であった。

「なかなかの剛勇で、あの家では高名のお人と聞いています。朝鮮ではずいぶん手柄もありました由」

益々わからなくなった。見覚えがあるような気がするのは、錯覚《さつかく》であったらしい、とついにあきらめた。しばらく、れいによって文学談をして、暇を告げて帰路についたが、その途中、ふっと思い出した。

「あ!　あの若者!」

石川五右衛門の処刑の時、五右衛門を救い出そうとした、あの若者だったのだ。

「そうか、あの男だったわい。あっぱれな魂の若者だと思ってはいたが、やはりな……」

深い感慨に打たれて社家町にかえった。見事だと思っていた者が、その魂と実力にふさわしい身分となることが出来たということは、うれしいことであった。自分には何のかかわりのないことではあるが。

人間の心理は不思議だ。この時から、慶次郎の胸に、ある意欲的な生き生きとしたものが動きはじめた。数日の間、読書のひまに、何か考えこんだような顔をしていたが、ある日外出先きからかえって来ると、馬仲間の弥市を、居間の前の庭に呼んだ。

「御用は？」

弥市は加賀以来の仲間。今年で三十三になる。馬の手入れはなかなかの腕だが、痩《や》せた小男で、いささかひょっとこに似た顔をしている。

「その方に唄を教える。覚えろ」

「ヘッ？　唄でござりますると」

「ああ、唄だ。よく聞いていよ」

慶次郎はいい声でうたい出した。

――この鹿毛《かげ》と申すは、

「そら、つけて歌わんか」

「ヘッ？」

慶次郎はまたうたう。

――この鹿毛と申すは、
弥市はつけて歌った。

「うまいうまい。もう一度歌ってみい」

弥市はくりかえした。

「よし、おぼえたな。では次だ」

――赤いちょっかい皮ばかま、
こうして、慶次郎は一くさりの唄をおぼえさせた。

　この鹿毛と申すは
　赤いちょっかい皮ばかま
　いばらがくれの鉄かぶと
　前田慶次が馬にて候

次ぎには、ぽいと赤いものを投げあたえた。赤い烏帽子《えぼし》であった。

山王のお猿さんのかぶりそうな烏帽子だ。弥市が不思議そうにそれをこねくりまわしていると、

「かぶってみよ」

「へッ？」

「かぶってみよというのだ」

「へえ」

やむを得ない、弥市はかぶった。

「似合うぞ。中々りっぱだ。男ぶりが上がって見えるわい」

とほめておいて、慶次郎はこんどは踊りを教えた。

「こんな工合だ」

今教えた唄を歌いながら、足拍子をふみ、手拍子をふって、おどるのだ。幸若舞《こうわかまい》の手ぶりであった。主人がかわりもので、もの好きな人間であることを、弥市はよく知っている。またはじまったくらいの気持で、べつだん不思議とも思わず、弥市はおぼえた。

「よう覚えた。感心したぞ」

慶次郎はきげんよくほめておいて、

「さて、今日より、夕方の馬洗いには、三条の橋際まで行って洗うよう。そして、人が松風の飼主を聞いた時には、その烏帽子を着用し、今の唄をうたいながら今の舞いを舞うよう申しつける。出来るな」

弥市はこまったような顔をしたが、それでも、

「へえ」

と答えた。

「珍重。そのかわり、給銀をこれまでの二倍つかわす。必ずともに、申しつけた通りにするのだぞ」

「へい」

給銀二倍といわれて、弥市の返事はにわかに生き生きとなった。

三条の大橋は東海道の起点、三条の通りはこの時代の京のメーン・ストリートだ。忽ち京都中の大評判になった。

「馬もええ馬やが、その仲間の幸若舞の面白いこと、無類やで。ひょっとこみたいな顔したやつが、赤い烏帽子かぶって、ひょうきんな唄うたいながら、ひょうきんなおどりおどりよんのや。誰が聞いてもそうしよんのや。行ってみいや」

よるとさわると、その噂になった。

土大根《つちおおね》

一

秋はどこでも寂《しず》かなものであるが、京の秋はわけて静寂である。朝霧、夕霧、真昼のおだやかな日ざし、おりおりの時雨――のくりかえしの間に、山々の木々は紅葉し、落葉し冬に近づいて行く。

加茂の社家町はふだんでも閑寂《かんじゃく》なところであるが、この季節になると身にしむばかりにものしずかになる。庭の池に引き入れた加茂川の水のせせらぐ音、邸のまわりを蔽うている林にかさこそと鳴る落葉の音、小鳥の啼声などしか、音を立てるものがないのである。

その頃のある日の朝、慶次郎の家に、会津の上杉景勝の家老直江山城守兼続から使いが来た。

「おりいって御意を得たいことがある。本日昼過ぎお訪ねいたす故、お会い下されたい」

という口上であった。

「お待ちしています。お出で下されたい」

とこたえて、慶次郎は使いの者をかえした。

昼を少しまわった頃、直江はわずかに三人の従者をつれてやって来た。直江は諸家の陪臣中第一の高知《こうち》取りだ。主家上杉家が会津で百二十万石、彼は米沢で三十万石をとっている。この時四十歳、長身で筋骨たくましく、容貌《ようぼう》端正で、堂々たる風采である。

直江は人物もまたすぐれていた。

こんな話がある。

ある時、上杉家の家中の者が家来を手討にした。無理な手討であったので、その一族の者共がこれを直江に訴え出た。直江が取調べてみると、その言い分に理があるので、白銀二十枚をあたえて、補償したが、一族の者共は承知しない。

「本人を生かしてかえしていただきましょう」

と言い張る。

「無理を申してはならん。死んだものをどうしようがあるか。かんにんしてやれい」

と、色々と教えさとしたが、強情を張って承服しない。

「そうか、しからば、その方共行って取りかえしてまいれ、わしが閻魔《えんま》大王殿に添え状をつけるからな」

といって、直江は一封の手紙をしたためた。

しかじかと申す者、あやまって貴地へ送り申し候、迎えのため一族の者三人さしつかわし候間、早速におん返し賜わるべく候。恐惶謹言《きょうこうきんげん》

慶長二年二月七日

直江山城守兼続

閻魔大王冥官《めいかん》　披露《ひろう》

これを袋に入れて一人の首にかけさせ、三人ともに首をはねてしまった。

現代の常識からすれば乱暴至極な処置であるが、それでも一種の爽快感を感ぜずにはいられない。理窟ではない。快刀乱麻を断つの気魄《きはく》である。

昔ギリシャにゴーデヤスという賢王があった。車のくびきに一種特別な方法で手綱を結びつけて、

「これを解くことの出来る者はアジア全州の王となることが出来るであろう」

と言いおいた。後世、誰もこれを解き得た者がなかった。何百年かの後、アレキサンダー大王が、これを解こうとしたが、どうしても解くことが出来ず、刀を抜いて一刀に断ち切ってしまったという話がある。このアレキサンダー大王の決断と同じ痛快感が、直江の処置にもあるのである。

こんな話もある。

伏見の城中で、諸大名列座している時、伊達政宗がふところから小判をとり出して、人々に披露した。

「これが近頃つくり出された小判というものでござる」

大名等はめずらしがって、

「どれどれ。ほう、なるほど、これが小判でござるか」

と、順々に手に取ってながめた。

やがて、末座にいた直江のところにまわって来た。直江は扇子をひらいて受け、女の子が羽根をつくようにして、扇子の上でひっくりかえして眺めていた。

政宗は、直江が陪臣の身分であるのを遠慮してそうするのであろうと思って、言った。

「苦しゅうござらぬ。手にとってごらんあれよ」

すると、直江は、

「拙者のこの手は、不識庵謙信の時より、ゆるされて采配《さいはい》を取って先陣の下知《げち》をしております。金銀はいかに美しく見えればとて、誰の手にかかったか知れぬいやしきものでござる。とれば手のけがれとなります故、こうして扇子で受けているのでござる」

といって、扇子をはねて、ポイと政宗の方に投げかえしたので、さすがの政宗も一言もなく、にがり切っているだけであったという。

関ケ原の戦争に石田方が敗れたので、石田と呼応して会津で兵をおこした上杉家も処罰されることになり、百二十万石をわずかに三十万石に減らされたのであるが、江戸城

に出仕した場合、直江に対する徳川幕府の老中等《ろうじゆうら》の尊敬は少しもかわらず、

「山城殿」

と殿づけで呼んだ。

老中等がこんな風であったので、紀伊家の附家老の安藤帯刀直次《たてわきなおつぐ》や、尾州家の附家老成瀬隼人正正成《はやとのしようまさなり》などは、手を畳についてものを言った。それに対して、直江の方は、

「帯刀、隼人」

と、呼びすてであったというのだ。

これらの話は、直江がいかにすぐれた人物であったかを雄弁に物語るものであろう。

さて、直江は初対面のあいさつをした後、しばらく何くれとなく四方山《よもやま》話をしていた。

直江は文学の嗜《たしな》みもゆたかな人物だ。朝鮮の役《えき》で渡海した時、向うから五臣註の『文《もん》選《ぜん》』の版木《はんぎ》と、宋版の『史記』を持ってかえっているのだ。

話は学問のことから、その話になった。

「やあ、それはよいものを持っておかえりでありましたな。一度見せていただくわけにはまいりますまいか」

と、慶次郎が言うと、直江が、

「いつでもお目にかけましょう。しかし、当地にはありません。国許へ持って行ってあります」

と答えるといった工合《ぐあい》で、しばらく話はそれでもちきりとなった。

後に『文選』は直江の手によって出版され『史記』は直江と慶次郎の二人で註釈と批評を加えて、上杉家の書庫に蔵《おさ》めた。今日でも米沢の図書館に所蔵されているはずである。

やがて、直江は、

「好きな道とて、横道《よこみち》の話がついはずんでしまいました。用談にかかりましょう」

と、容《かたち》をあらためて、笑いながら言った。

「貴殿、気散《きさん》じな浪人ぐらしに飽きが来られて、御仕官の思召《おぼしめ》しが出られたと伺ってまいりましたが、そうですかな」

慶次郎は無言のまま、眸《ひとみ》をしずめて、直江を見た。

「何を以て、そうお考えです？」

「幸若舞のうわさを聞きましたので、値頃な買い手をお待ちであると思いましてな」

「……………」

こんどは慶次郎は答えない。相手を見つめているだけだ。

「秋つきれば冬、冬つきれば春、来年の春あたりの花はひとしお見事であろうと、お考えになっているらしいと思いますが、いかが」

慶次郎は破顔した。

「御明察。それで、拙者を買入れにお見えという次第ですな」

直江はうなずいた。

「五千石ではいかが？　加賀の御本家で、そのお高とうかがっていますが」

慶次郎はうなずいた。

「ようござろう。五千石は数年前のこと。あの頃にくらべればいくらかましな人柄になっているつもりでござるが、不識庵謙信公以来の御家中での花見は、ひとしおなもののように存ぜられる。文選の版木や史記も拝見したい。手を打ちましょうぞ」

「早速の御承引《ごしょういん》、かたじけのうござる。さぞや主人もよろこぶことでござろう」

直江はうれしげに言ったが、すぐ、

「ところで、性急なようでござるが、主人吉左右《きっそう》のほどを待ちかねています。いかがでござろう。これより伏見にお出であって、見参《げんざん》していただけますまいか」

ずいぶんせわしない話だが、これは上杉景勝がどんなに自分を幕下《ばっか》に招致《しょうち》したがっているかを示すものだ。気に入った。

「よろしゅうござる。早速にまかり出ましょう。支度をいたす間、しばらくお待ち下されたい」

といって、客間を去ったが、間もなく、麻上下《がみしも》の礼装で立ち出でた。

「お待たせいたしました。では、まいりましょう」

慶次郎は自慢の名馬松風、直江も騎馬で、くつわをならべて社家町を出る。うしろには直江の家来が三人、慶次郎の家来が三人、従う。慶次郎の家来の一人が風呂敷につつんだちょっとした荷物をぶらさげているのが目立った。

二

上杉景勝はこの時四十五、せいはひくかったが、がっしりとした骨組のからだつきであったし、顔も大きかったので、坐っている時はなかなかの大男に見えた。秀でた眉骨《びこつ》の下の両眼は、かねては眠っているように細められていたが、どうかしたはずみに大きくみひらくと、強くきびしい光をはなって、いかにもはげしい感じであった。

直江がかえって来て、慶次郎召抱えの交渉が成立して、お目見えのために召しつれて来たと報告すると、うなずいた。ものは言わない。口数は至って少ない人なのだ。必要な時でも、ほんの一ことか二ことしか言わない。

直江は馴れているから、さっさとことを運ぶ。

「それでは、早速に御引見たまわりますよう。大広間に用意いたさせます」

と言って、引き退《さが》った。

景勝は立ち上がって、侍臣をかえりみた。

「はっ」

侍臣等は隣室から上下を持って来て、景勝に着せかける。

ぬっと立って着つけをさせながら、景勝はほかの侍臣をふり向いて、見えるか見えないかに、あごをしゃくった。しかし、これでちゃんと意志は通じて、その侍臣は、

「はっ」

と答えて、居間を出て行った。邸内に居合わせる家臣等に大広間に集合するよう伝達するためであった。

三十分ばかりの後、景勝が大広間に出ると、すっかり用意が出来ていた。景勝の坐るべき上段の間の左右には上下姿の家臣が威儀を正して居流れ、上段の間の前には直江がこれまた上下を着て端坐していた。その直江から少し退って、慶次郎が坐っていた。

警ひつの声につれて、一同が平伏している間に、景勝は正面の席に坐って、細めたまぶたの奥から、慶次郎を見た。礼儀の格法をはずれない美しい坐容《ざよう》ではあるが、大して恐れ入っている様子はない。悠揚《ゆうよう》として迫らない態度だ。

「本日、御家中となりました前田慶次郎利太《とします》でございます。お目見えたまわりますよう」

と、直江が披露した。

景勝がうなずく。依然としてものは言わない。

直江は慶次郎の方を向いて目くばせした。

「はっ」

慶次郎は、わきにおいた風呂敷包みをとり上げて、見事な膝行《しっこう》でするすると進み出た。適当なところでぴたりととまった。両手をついて言う。

「前田慶次郎でございます。御縁あって御当家の御家来の一人としていただきました。お礼申し上げます」

高くはないがはっきりした声は、広間の隅々までとどいた。

「わしが景勝。――うれしいぞ。――そちの叔父御《おじご》の、――故大納言様には、――懇意に願っていた」

重い口で、ポツリポツリと言った。こんなに長くものを言うことはめったにないことなのだろう。家臣等の顔にはおどろいたような、また羨ましがっているような表情があった。

「もったいない仰せでございます」

慶次郎は言ったが、侍臣等の方を向いて、大きな声で、

「三方《さんぼう》を拝借いたしたい。礼贄《れいし》をたてまつりたいのでござる」

と言って、たずさえて来た風呂敷包みを膝に引きつけた。人々ははじめてそれが初お目見えの手土産《てみやげ》が入っているのであることを知った。

一人が出ていって、三方を持って来て、慶次郎の前にすえた。

風呂敷を解く慶次郎の手許に、人々の目は集中した。急には何であるかわからなかったが、間もなく、あっとおどろいた。音のないざわめきが波となって、人々の肩衣《かたぎぬ》の稜線を走った。

三方の上にもっともらしくのせられたのは、三本の大根であった。青い葉がついている。畠から抜いて、そのまま持って来たのであろうか、白い根にはどうやら所々黒い土がこびりついているようにさえ見えた。

景勝の細められた目がクヮッと見ひらかれて、ピカリと光ったようであったが、瞬時の後にはいつもの通りに、ねむっているような顔つきになった。

慶次郎は両手でうやうやしく三方をひたいまで持ち上げてすえなおし、持ち前のよく透《とお》る明晰《めいせき》な声で言った。

「なにがなと存じましたが、長々の浪々にて、貧窮者《ひんきゆうもの》であります。自らまき、自ら草ぎり、自ら水そそいで作り出した土大根《つちおおね》であります。つつしんで献上いたします」

人々は慶次郎が一通りならぬいたずらものであることを、はじめて思い出した。小田原陣の時に故太閤にいやがらせをしてからかったこと、叔父利家を寒中に水風呂にたたきこんで加賀を飛び出したこと等は、世に語りぐさとなっているほど有名な話なのである。しかし、それにしても、初お目見えに、これはあまりに人を食ったふるまいだ。めったにおこらないが、一旦おこったとなると、その猛烈峻厳《しゆんげん》さはなにものをもってしても、さえぎりとめることの出来ない景勝であることを知っているだけに、人々は手に汗をにぎった。頭の上ひくく雷雲の垂れさがって来るに似た気持であった。雷電のはためきと轟《とど》きを瞬間の後に待つように、人々は身をすくめ、息をこらした。

ところが、思いもかけず、景勝はニヤッと笑ったのだ。

「何よりのものだ。膾《なます》にして食おうぞ」

れいの、ひくい、ポツリポツリとやたらに切れる調子で言ったのであった。よほどに上機嫌であるに相違ないのである。

三

間もなく、景勝は会津に引き上げた。直江は少しおくれて引き上げた。慶次郎は景勝に供奉《ぐぶ》した。

この引き上げにあたって、景勝と直江は石田三成と談合して、

「わしらが会津で先ず事を挙げる。徳川内府の領地は関東だ。荒らされてはならんと、必ず関東にかえるに相違ない。そこで、おこと同志の大名をつのって、西で兵を挙げてもらいたい。かくして東西挟撃《きようげき》の勢いが成ったら、内府いかに戦さ上手でも、身動きとれまい。そうなったら、今では内府の威勢におじけておべんちゃらを言っている大名殿も、必ずや豊臣家に心を向けて来るに相違ない」

と計略をきめたらしい。

彼等がこんな相談をしたという証拠は、今日のこっていない。だから、歴史家の中には信じない人もあるが、情勢上から判断すれば、たしかに三人の間にこの相談があったとしか考えられない。少なくとも、その方が自然であろう。

この景勝の伏見出発の数日前、勢《せい》ぞろいをしてみた時、上杉家で有名な勇士である水野藤兵衛、韮垣《にらがき》理右衛門、宇佐美《うさみ》弥五右衛門、藤田森右衛門の四人が立話している前を、慶次郎が通りすぎたが、その槍持《やりもち》の持っている槍にきっと目をつけた水野藤兵衛が、

「や！　見ろ、あの槍」

と叫んだ。

するとのこりの三人も、「や！」と目をまるくし、つづいて、こんどは三角にした。

「むう、あの槍……」

と、うなった。

見るからに荒々しい、つくりそこねた仁王《におう》のような剛強な面《つら》がまえと体格をした勇士等が、おしゃれな若い女性が五分《ぶ》もすかさぬはやりの美服をつけて通行する同性を見送る時のような表情になったのは、相当なる奇観であった。

「皆朱《かいしゅ》だぞ」

「さよう、皆朱じゃ」

いきり立つ顔であった。

わけがある。皆朱の槍というのは、柄を全部朱うるしで塗った槍のことであるが、この槍にはむずかしい格式があって、多年武功を積んで世にゆるされた剛の者か、一日に冑首《かぶとくび》（将校の首）七つ以上を上げたものでないと持つことを許されないきまりになっている。つまり、皆朱の槍を持つことは、その武勇の抜群を示すことになるのである。だから、この四人もかねてから度々許可を景勝に願っているのであるが、景勝はこれを許してくれないのであった。

「皆朱の槍をたずさえることを許されている者は、どこの家中の誰々と、大体わかっているが、拙者は前田慶次郎が許されていることは聞いたことがないぞ」

と一人が言うと、

「そうだ、聞いたことがない」

「よろしい。本人にたずねて見ようではないか」

「よかろう」

四人は、うちそろって慶次郎のところへ行く。

「貴殿のそのお槍は皆朱でござるな」

「ああ、皆朱です」

慶次郎は至って平静だ。

「拙者等は皆朱の槍を持つほどの者はほぼ承知しているつもりでござるが、貴殿のことは聞いたことがござらん。いつどこの家中で許されたか、御説明を願いたい」

とすごんだ。

慶次郎はさらりと言ってのけた。

「いや、これは武功によって許されたものではござらん。先祖代々のものでありましてな。つまり、前田の家にそなわる格式でござるて」

ほんとうかうそかわからないが、前田家は尾州荒子《びしゆうあらこ》の城主として、織田家の家臣中ではなかなかの家柄だ。ことに現在は、加賀百二十五万石の家だ。こういわれると、その上のことは言えない。すごすごと引き退ったが、何としてもうらやましい。うちそろって、景勝の前に出た。

「御承知でございましょうか。新参の前田慶次郎は先祖よりの由緒《ゆいしょ》と称して、皆朱の槍をたずさえております。たとえ先祖よりの由緒であるにしても、これでは新参者の彼に、譜代《ふだい》の臣たるわれわれの武勇がおとるかに見えます。はなはだ面白くありません。願わくは、彼が皆朱の槍を制禁していただきとうござる。それが出来ぬなら、かねてから度々お願い申し上げていることでもござる。われら四人にも持つことを許していただきとうござる」

景勝はれいによって、眠っているようにまぶたを細めて聞いた。しばらく黙っていたが、勇士の気持としては、さもあるべきことと思ったのであろう。

「許す」

と、言った。

四人は大喜びで、大急ぎで、槍を塗師《ぬし》に出して、朱うるしを塗ってもらい、出発には大得意でそれをたずさえて、景勝の供奉《ぐぶ》に立った。

四

景勝は会津にかえるとすぐ戦さ支度にかかった。手あたり次第に浪人を召しかかえたり武器弾薬を買いこんだりしたのは言うまでもなく、領内の城々の堀をさらい、壁を塗りなおして、それを補強した。これらの城々には多量に糧食を運びこんだ。また、会津を中心にして領地境の要地に向う道路を修理したりひろげたり、川には橋を架《か》けた。軍の機動を便利にするためであった。

おりから冬だ。

野も山も一色の深い雪に降りうずめられた中に、上杉領内は駆り出された領民がごったがえした。

これらの労役には、工事監督その他の任務を命ぜられた武士等は、もちろん忙がしかったが、多くは、特別な仕事がなく、皆無聊《ぶりよう》をかこった。

ある日のこと、城内の詰所《つめしよ》で、その人々が集まって雑談しているうち、城下の林泉《りんせん》禅寺の和尚のことが話題になった。

林泉禅寺は上杉家代々の菩提寺《ぼだいじ》で、もとは、越後《えちご》の春日山城下にあったのであるが、会津に国がえになった時、会津に移転して来たのである。

(現在では米沢にある。会津から国がえになった時、また持って行ったのである)

このように上杉家にとって大事な寺である上に、当時の住職がなかなかの傑僧《けつそう》で、深く景勝の信仰《しんこう》を得ているので、上杉家の勇士等を子供あつかいにする。

「くそ坊主め、われわれを何と思っているのだ」

と、かねてから皆くやしがっているのであったが、主人の信仰している坊さんなので、どうすることも出来ないでいるのであった。

この日も、この話が出た。

すると、ニコニコ笑いながら聞いていた慶次郎が、ふと言った。

「そんなにしゃくにさわるなら、一度思い切りなぐりつけたらよかろうに」

「それが出来れば文句はない。出来んから口惜しがっているのだ」

と、皆言う。

「そうかな。出来んことはないと、わしは思うがな」

「そんなら、貴殿は出来るといわれるのか」

「出来るな」

「これは見ものだ。やれるなら、やってみなさい。見事出来たら、われらうちそろって、恐れ入ったと、貴殿に頭を下げよう」

「よろしかろう。それでは、今日から五日の後、場所は林泉寺の方丈《ほうじょう》の、――そうさな、和尚の居間においてということにいたそう。貴殿方、現場をごらんになりたければ、寺詣りとかなんとか理由をつけてまいられるがよろしい」

慶次郎は一旦わが家にかえると、クルクルに髪を剃《そ》り、法衣《ほうい》をまとい、諸国修行の雲《うん》水《すい》にばけて、林泉禅寺に乗りこんだ。

学問はあり、風流の技《わざ》にも達している慶次郎だ。和尚は大へんに気に入って、滞在をゆるした。
二、三日すると、慶次郎は和尚と碁を打った。和尚の碁は弱い方ではないが、慶次郎にくらべると、数段弱い。ほどよくあしらって、勝ったり負けたりして、二、三日つづけた。

やがて、約束の五日目になると、上杉家の勇士等二、三人が様子いかにと来て、本堂にお詣りした後、おりからの雪のためによい風情《ふぜい》になっているお庭拝見という名目で、方丈に入りこんだ。

「おとなしく見て、おとなしくかえらっしゃい。酒なんぞ飲んではならんぞ。庭におりることも制禁じゃ。せっかくの雪を踏みあらす」

和尚はれいによって子供を叱りつけるように言って、居間に入ると、碁盤を出して、慶次郎を呼ぶ。

「さあ、はじめようか。きのうは拙僧が一番の負けこしであったな」

「さようで」

一局打って、慶次郎は負けたが、新しくはじめるにあたって、提案した。

「素勝負《すしょうぶ》も曲《きょく》がございませんな。賭けようではございませんか」

「賭ける？　それはいやしい」

「金品を賭けるのではありません。勝った方が負けた方の頭をなぐるというのはいかが」

「ハハ、これは面白いな。無邪気でいいわ。やろうか」

はじまった。

慶次郎はわざと負けた。

「さあ、おたたき下さい。約束でございます」

「ハハ、ハハ、さようか」

和尚は撫でるように軽くポンと打った。

次ぎには慶次郎が勝った。

「ほう、拙僧の負けか」

「勝たしていただきましたな」

「さあ、おたたき」

和尚は頭をつき出した。

「いやそれは恐れ多うござる」

「いやいや、約束だからな。ぜひおたたき。でないと、片手おちだ」

「さようでござるか。やむを得ません。では」

慶次郎はさざえのような拳骨をにぎりかため、腕をまくり、息をはきかけた。

（オヤ）

と、和尚が思った時、おそかった。

強烈な打撃がグヮンとこめかみに来て、目から火が飛び、目がまわり、和尚は鼻血を出してのびた。

慶次郎は、悠々と立ち上がって障子をあけ、向こうの縁側にいる勇士等を、小手《こて》まねき、その人々が走り寄ると、気絶している和尚を指さした。

「いかが」

ひょっと斎出陣

一

会津不穏の報は、先ず越後の領主堀家から大阪に達した。当時大阪では徳川家康が大阪城の西の丸にいて、一切の政務を見ていたのである。つづいて、上杉家の重臣藤田能登守信吉が、会津を脱出して大阪にはせ上り、景勝に謀叛《むほん》の企《くわだ》てありと家康に密告した。

家康は直江山城と文学上の親しい友である豊光寺の住職承兌《しょうたい》に命じて、山城に手紙を出させた。世間のうわさを告げ、江戸内府も案じておられるから、異心なきにおいては早速に景勝を説いて上洛《じょうらく》させるようにという文面であった。

四月一日づけのこの手紙は、十五日に直江の手にとどいた。

はじめから戦さする気でいるのだ。直江は皮肉な微笑をもらしながら、返書をしたためた。かえって家康の法規違反と矛盾撞着《むじゅんどうちゃく》を指摘し、上洛はいたすまじく、内府もし怒って討伐の師をお向けあるなら、好むところではないが、武門の意気地としてずいぶん見事にお相手つかまつろうという文面。

この直江の返書は長文になるから、ここでは意だけを酌《く》んでごく短かく要約したが、原文は痛快淋漓《りんり》、措辞《そじ》巧妙、揶揄《やゆ》嘲笑《ちょうしょう》にみち、辛辣《しんらつ》をきわめ、江戸時代に入って、天下の人皆、家康を東照大権現と称して神聖視するようになってからさえ、稀代《きだい》の快文字と言われている。

天下の諸大名が皆家康を恐れること虎のごとく、そのきげんを損ぜざらんことにこれつとめていた時代に、これほどの手紙を書いたのであるから、直江がどれくらいの人物であったか、またその気宇がいかに逞《たく》ましかったか、わかるであろう。

(この手紙は、関ケ原戦争のことを書いた大ていの史書には出ているから、読者諸君に一読をすすめたい。溜飲《りゅういん》三斗の爽快感を味わわれること受合いである)

しんねりむっつりとして喜怒色にあらわさない家康も、この手紙には激怒《げきど》した。

「わしはこの年になるまで、こんな無礼な手紙はもらったことがない」

と言ったと伝えられる。

そこで、上杉征伐ということになった。

直ちに諸大名がふれをまわして出陣を命じ、自らも六月十六日大阪を出発した。

家康は自分が足をあげて東すれば、必ず西にも事がおこることを知っていた。家康にとっては東西挟撃《きょうげき》の危難にあうわけであったが、もしこれをうまく処理すれば、この大危難はかえってアンチ徳川勢力を一挙にうちくだき、天下取りの機会を持ち来たすことになるわけであった。彼はたえず西をかえりみながら旅をつづけ、七月二日に江戸城に入った。

江戸にとどまること二十日、大阪で催促した諸大名の軍は陸続として関東へ入って来た。浅野幸長、福島正則、黒田長政、蜂須賀豊雄（後に至鎮《よししげ》）、池田輝政、細川忠興《ただおき》、加藤嘉明《よしあき》、藤堂高虎等、大名の数にしておよそ百人、兵数として五万五千余あった。そこで、二十一日、家康は麾下《きか》の兵八千をひきいて江戸を出発、二十四日下野《しもつけ》の小山についたが、この日、石田三成が西国諸大名を糾合《きゅうごう》して西にことをあげた報告がとどいた。

一方、会津の方——

会津では家康がいよいよ東に向かったとの情報が入ると、鋭意、決戦準備にかかった。家康は稀世《きせい》の戦争上手だ。故太閤の雄才大略を以てしても、実戦では家康に勝つことが出来なかった。二人が戦ったのは小牧長久手の合戦であるが、終始家康方に先手を取られて秀吉方は振わなかったのである。だからといって、上杉方はおじけてはいない。軍神毘沙門天《びしゃもんてん》の権化《ごんげ》といわれ、自身もそう信じていた形迹《けいせき》のある謙信に鍛錬された猛士勇卒が雲のようにいる。

「柔弱な上方《かみがた》者共を相手にしたなればこそ、徳川内府もあれほどの武名を取っているが、われらは違うぞ。一泡吹かしてくれる」

と、満々たる自信に意気天をついている。

しかし、万全を期して、緻密《ちみつ》な策を立てた。

その戦略はこうだ。

関東から会津に入るには、野州路をとって白河にかかるのが順路だが、上杉家はこの白河の南方一里半の地点にある革籠《かわご》ケ原を戦場としてえらんだ。附近の村落全部を撤去させ、樹木をはらい、山を切りくずして大地の凹凸《おうとつ》をならし、三里四方にたたみのように平坦にした。いやでも家康軍がここにかからなければならないように、山を切りくずして他の道をふさぎもした。河水をせきとめて、満々たる大河をつくり、底に大酒樽二千余をしずめた陥穽《かんせい》もつくった。附近の山々には兵を伏せもした。家康軍がどうあがいても、革籠ケ原に足を踏み入れたが最後、殲滅《せんめつ》はまぬかれない、おそろしい戦略であった。

これだけのことをしておいて、じっと江戸の情勢をうかがっていると、いよいよ家康が江戸を立ったという報告がとどいたので、上杉勢は会津を出発したが、その出陣の勢ぞろいの時のことであった。

慶次郎である。彼は前章で述べたように、林泉寺の和尚をこらしめるために、自らも髪を剃ったのであるが、そのまま、再び髪をたくわえようとしなかった。

「ちょうどいいわ。このまま入道することにしようわい」

穀蔵院《こくぞういん》忽々斎と号した。忽々斎は「ひょっと斎」とよむのだという。

「人の世のことは、一寸先はわからん。ひょっとすればひょっとする。さればひょっと斎というわけ」

と説明した。

彼はこの時の出陣に直江山城の組に編入されたが、その出で立ちこそ見ものであった。黒の具足《ぐそく》に猿の皮でこしらえた投頭巾《なげずきん》をかぶり、背に金で引両筋《ひきりょうすじ》をぬいつけ、猩々緋の広袖の陣羽織を着、金のひょうたんをとめてつけた金の苛高《いらだか》のじゅずを、右の肩から左の腰にかけ流し、皆朱の槍をたずさえ、背に白しない四《し》半《はん》のさしものをさし、自慢の駿馬松風にまたがるという異装であったが、その松風がまた普通でない。たてがみは野《の》髪《がみ》のままにして、ひたいに銀の山伏ときんをかぶらせ、朝鮮しりがいをかけていた。乗りかえは色する墨のごとき黒馬であったが、これには梨地の鞍《くら》をおき、鞍壺に鉄砲二挺をつけ、さんずに緞子《どんす》のふくろに粮米《ろうまい》干味噌《ほしみそ》を入れてむすびをつけていた。

直江の組には新たに召しかかえられた高名な浪人武者や、上杉家の譜代《ふだい》の臣でもくせのある荒っぽい連中を集めてあるが、その連中の一人が、ふと慶次郎のさしものに目をつけて顔色をかえて、側の者をふりかえった。

「おい。ちょっと見い。前田のさしものだ。なんと書いてあるかおれの目には〝大ぶへんもの〟と書いてあるように見えるが」

「なにっ？」

言われた男は風にひるがえる慶次郎の白四半のしないのさしものを凝視《ぎょうし》した。四半というのは、横二尺にたて三尺の旗、しないというのは旗竿だけあって、上の横棒の入っていないやつ。その白地のきれ、ちょうど縫目のあるところに、たてに一行、筆太にたしかに「大ふへんもの」と書かれている。

「そうだ。たしかにそう書いてあるぞ」

たちまち、他の連中にも伝わる。

「けしからん！」

「人もなげなるふるまい」

「不識庵謙信公以来、天下の人に武士の花の本《もと》と言われている当家中において、〝大武辺者〟とは何たるさしもの。黙ってはおれんぞ！」

「そうとも、ふみおって捨ててくれべい！」

一同顔色をかえ、馬をあおって、慶次郎のところにかけつけ、とりまいた。

「前田殿！」

と一人が息を切らしながら言う。

「やあ、これはおそろいで。本日は天気も快晴、そよそよと吹く風もあって暑からず、まことによき出陣日和《びより》で、御同慶に存ずる」

慶次郎には、この連中がなぜこんなに血相かえて来たか、よくわかっている。愛嬌よく笑って迎えた。

相手方は一層腹を立てたが、腹は立っても、あいさつされた以上、答礼はしなければならん。

「御同慶でござる」

とぶっきらぼうに言っておいて、

「これは別な話じゃ。貴殿は当上杉家をいかなるお家と心得ておられるのだ」

「はて、こと新しきおたずねでござるな。本姓は長尾、当時景虎と仰せられていた不識庵公が関東管領《かんりよう》上杉憲政公より御苗字と管領職を譲り受けられて上杉となられた。不識庵公は勇猛絶倫《ぜつりん》、軍神毘沙門天の御再来として、諸人の讃仰《さんごう》浅からず、御家中にそのおん手塩にかけられた勇士猛卒雲のごとく、天下御当家を仰いで武士の花の本と申していまする。ならびなき武道名誉のお家柄でござるて」

長々と講釈口調《くちよう》だ。

相手方はいらだった。

「ええい！　それほど知りながら、貴殿のそのさしものの文字はなんだ！」

とどなり立てると、口々にさけぶ。

「大武辺者とは、舌長な！」

「人もなげなるさしもの！」

「さっそく引きこめられよ！」

「ぐずぐず申されなば、ふみおって捨てますぞ」

「貴殿一人に特に大武辺者などと書いたさしものをさせては、われらは武辺者でないかの如く見えて、まことに快くないのだ！」

慶次郎はニコリと笑った。

「大ちがい、大ちがい。それはとんでもないちがいだ。拙者は長らくの浪人ぐらしでまことに貧窮だ。また妻もなく子もない孤独の身の上。かれこれ不便この上もない。それで、かくさしものに書いた次第」

「大不便者じゃと？」

あっけにとられると、慶次郎はすましてうなずく。

「ああ、大不便者」

またやられたと、勇士等はげんなりとしたが、しゃくにさわってならない。

「まぎらわしい書きようはやめさっしゃい。間違いなく読めるよう、への字ににごりを打たっしゃい」

というと、慶次郎はまた笑って、

「これこれ、そのような故実をわきまえんことを言ってはならん。すべて仮名文字はそのままにしるし、読む人が意味をくんで、にごるべきはにごって読むことに、古来書道ではなっている。それについて、面白い話がある。さる無学なる町人が、堂上家の許へまいったところ、和歌一首したためた短冊《たんざく》を賜わった。その下の句に〝霞ぞ野べのにほひなりけり〟とあったところ、町人は〝粕《かす》味噌の屁《へ》の臭ひなりけり〟とよんだので、大笑いになったという話。その町人は恥入るばかりで、各々方のように濁るべきには濁点をつけよなどとは申さなんだぞ。名誉ある上杉家の勇士ともあろうものが、さような故実をわきまえぬことを……」

自由自在な舌頭にかけられて、勇士等は一人去り、二人去り、ついに一人もいなくなったのである。

家康は、景勝よりも、石田よりも、役者が数枚上であった。彼が東に向かったのは、上杉征伐のためではなかった。石田をして西で事をあげさせるために見せたさそいのすきであった。

二

だから、小山で西方からの急報を受けとると、上杉には子供の結城秀康をおさえとしてのこしておいて、江戸に引きかえした。

ために、革籠《かわご》ケ原の殲滅《せんめつ》計画は画餅《がべい》に帰してしまったのである。

家康が引き上げにかかったと聞いて、直江山城は追撃を主張したが、景勝は容れなかった。

「武門の意気地やみ難く弓矢を以て見《まみ》えんとしたのだが、退陣するのを追っかけて行ってまで戦おうとは思わん」

と言って、白河、福島等の城々にそれぞれ守備の将をおき、会津に引き上げた。

あるいは、普通の戦場で家康と戦っては勝ちみがないと判断したのかも知れない。

九月七日に、家康がこの一日に江戸を立って東海道から、秀忠は中仙道から西に向かったとの情報が会津に入った。この以前に、従軍の諸大名等が皆家康に味方を誓って、それぞれに西に向かったこともわかっている。

景勝と直江とは、相談してこうきめた。

「東西両軍の勝敗の数はあらかじめ知りがたいが、ひょっとして西軍が敗るれば、上杉方は天下の兵を受けて戦わなければならないことになる。その時の用心をしておく必要がある。四方の国々を見わたしてみると、最上《もがみ》氏の本城山形と属城東根《ひがしね》はなかなかの名城であるから、最上氏を打ちほろぼし、この両城を手に入れておこう。天下の兵を引き受けて戦うべき時が来たら、足手まといの妻子眷属《けんぞく》等はここに避難させ、会津で戦い、破れたら米沢へ引き上げ、米沢が破れたら山形へ引き上げてこれを本城とし、諸方の城々砦々《じょうじょうさいさい》において持久戦に持ちこみ、敵が退屈して、引き心がついたところに決戦に出て、切り散らしてしまおう」

そこで、翌々日の九月九日、重陽《ちょうよう》の佳節《かせつ》、総勢四万、直江山城総大将となって、会津を出発し、羽前《うぜん》に向かった。

最初の合戦は幡谷《はたや》城攻めであった。

幡谷は今畑谷と書く。今の上ノ山《かみやま》市の西北方四里半、山形の西方四里半の地点にある険阻《けんそ》な山中にある。守兵は少なかったが城将は江口五兵衛道連といって、最上家でもなかなかの勇士であり、要害も至って堅固であった。

しかし、上杉勢は、十三日の夜明け方から攻めかけて、八時頃には攻めおとしてしまった。慶次郎はこの城攻めで、一挙に首数《くびかず》二十八挙《あ》げた。

さしも堅固な幡谷城が時の間に攻め落されてしまったので、ここと長谷堂《はせどう》までの間にあった二十一の城砦《じょうさい》は破竹《はちく》の勢いに、その日の夕方までには全部おちてしまった。

慶次郎は、最初の間は働いていたが、間もなくばかばかしくなったので、人々が懸命になって巧名を競《きそ》っているのをよそに、丘に上り、草をしいて腰をおろし、背中にぽかぽかとあたたかい日を受けながら余念もなく読書をした。

慶次郎のまわりには秋の花があり、彼の上には白い雲を浮かした青い空があり、おそろしくいい気持であった。丘から見下ろされる城では、両軍がときの声を上げ、矢弾《やだま》を飛ばし、刀槍をきらめかせて挑《いど》み戦っている。そのさなかにある者にとっては天地も崩るるばかりの大音響であり、肉飛び血しぶくおそろしい修羅道《しゅらどう》であろうが、この距離からは、弾の音もときの声も、遠いざわめきにすぎず、血みどろな闘いも蟻《あり》合戦のようで、まことに、はかなく、まことに、のんびりとしたものだ。

「やれやれ、眠うなって来たわ」

いくどかあくびをしながら、ページをくりつづけた。

三

九月十五日、上杉勢は長谷堂の城に向かった。

長谷堂は上ノ山の北方一里半、山形の西南方二里にある。この三城は鼎立《ていりつ》の位置にあって、緩急たがいに救い合うしくみになっていた。

上杉勢のうち、直江直属の二万余は、長谷堂の西北方十九町の菅沢山に陣し、上泉主水（有名な上泉伊勢守信綱の弟で、この人も武勇の人として当時名の高い人であった）の三千五百は菅沢山の東麓に陣し、杉原《すいはら》常陸介は富神《とがみ》山の東方に陣した。これは菅沢山から更に北方である。

この日はまた敵方でも援軍が出た。すなわち、最上義光は二万余騎をひきいて山形城を出て、長谷堂から二町余をへだてた稲荷塚に陣し、伊達家の軍勢二万騎も到着して、門伝村に陣を取った。門伝村は長谷堂の北一里にある。

上杉勢は敵のその援軍をものともせず攻城にかかったが、城は堅固であるし、城兵は勇敢なので、中々おちない。そこで一方では、城を攻めつづけると共に、一方では最上領内を縦横無尽《じゆうおうむじん》にあらしまわった。おりから田野は収穫時であったが、これを刈り取り、村落を焼きはらい、城砦《じようさい》と見ると片ッ端から攻めつぶした。ついには最上方では落ちない城は長谷堂、谷、寒河江《さがえ》、上ノ山、山形の五つだけになってしまった。

これだけの目にあいながら、最上勢も、伊達勢も全然手出しをしなかったというのだから、いかに上杉勢が、おそれられていたかがわかるのである。

攻城にかかってから十三日目、九月二十八日の昼頃のことであった。上杉家の陣中で、誰が言い出したともなく、

「今月の十五日、美濃《みの》国関ケ原というところで、東西の両軍の大合戦が行なわれたが、東軍大勝利を得て、西軍の大将等は討死《うちじ》にしたものあり、生捕《いけど》られたものあり、行方不明のものあり、散々なことになった」

というわさがひろがったのだ。

「けしからぬ雑説かな。西軍は総数二十万近くもあるというに、かほどもろいことがあるべきはずはない。味方の心をかき乱さんための敵の謀略であるぞ。心を迷わすな」

とふれを出したりなどしていると、午後の四時頃になって、会津から急使が来て、景勝の命を伝えた。景勝は、関ケ原の敗報を知らせた上で、

「こうなった以上、天下の兵近々に会津に攻めかかるべきは必定ゆえ、早々に会津へ引取り来るよう」

と命じて来た。

無念でも残念でも、引きとるよりほかはないが、それは大変なことなんだ。退却が進撃より困難なことはきまっているが、特に今の場合は、味方の勇気が沮喪《そそう》していると反対に、敵方は勇気百倍しているのだ。よほどに巧妙な軍配《ぐんばい》がいる。

直江は諸将を集めて、事情を説明して、こう申しそえた。

「引き上げねばならんが、このまま引き上げては、必ずや敵は、上杉家の軍勢は聞き怯《お》じして逃げかえったと申すに相違ない。それでは末代までの恥辱である。されば、明日諸軍を押出して長谷堂を力攻めにして、あくまでも勇気を敵に示した後、引き上げにかかろうと存ずる。各々も一きわ精を出していただきたい」

皆諒承した。

そこで、城中に使者を立てる。

使者は軍使のしるしである白旗をふりまわしながら濠ぎわまで馬を乗り寄せ、大音声に呼ばわる。

「こんどのわれらの出陣は、故太閤の御恩に報《むく》いて秀頼様に御奉公のために企てたのでござるが、天運至らず、上方の味方は打ち負けたとのこと。われわれも、明日は当地を陣ばらいして会津に帰ろうと存ずるが、暇乞いのため一戦つかまつりたい。しかしながら、本日は已《すで》に日暮れも間近かなれば、明日一戦いたしたい」

「仰せの趣承りました。明日の合戦、望むところでござる。はなむけとして、一槍つかまつるでござろう」

と、城方ではこたえた。

明くれば二十九日、上杉勢は二手にわかれて、一手は伊達最上勢のおさえとなって菅沢山にのこり、一手は直江自ら将となって城に向かった。

城攻めにあたった将士の勢い烈火のごとく、惣《そう》がまえに火をかけて煙の下から斬って入り、忽ちこれを乗りとり、敵を追い立て追い立て二、三の丸に追いこめておいて、さっと引き、菅沢山の隊と一つになり、隊を組みなおし、定めておいた順序にしたがって、一隊一隊徐々に引き上げにかかった。

一糸《いっし》乱れない整々たるこの引き上げぶりに、最上義光も伊達政宗も、

「さすがに上杉家、感にたえた見事さだわい」

と、感心して見とれていたが、すぐ考え直した。

「感心ばかりして追い撃たねば武士の作法でない。それに表《うわ》べは落ちつきはらって見えても、内心は上方の敗戦に心臆《こころおく》しているはず。それを追えい！」

と猛追撃にかかった。

上杉勢は敵が追ってくればふみとどまって戦い、敵がしりぞけば退却したが、しばらくすると追撃急で、引くにも引けず、接戦実に午前八時から午後の二時に至った。

この日、直江は唐革包みの鎧《よろい》に馬藺《ばりん》の冑《かぶと》をかぶり、山鳥の羽でこしらえた母衣《ほろ》をかけ、黒栗毛の馬に打ちのり、十文字の槍を取って、自ら手をくだして戦っていたが、本陣にかえって腰をおろし、

「おれは若年の時から軍陣に臨むことといく十度、いまだ一度も不覚をとったことがなく、天下に名を馳せて来たのに、最上や伊達などという田舎大名に食いさがられ、この不覚を取るとはなんたること。運の尽きと思う。このままでは敗軍は必至だ。いさぎよく腹切ろう」

と言った。この時、慶次郎は本陣にいたが、直江のことばを聞くと、すっと立ってその前に行き、ニコリと笑った。

「これこれ、山城殿、おちつきなさい。お人がらにも似合いませんぞ。大将がそうあわてては、下々《しもじも》はどうなるものぞ。わしがこれから行って、追っぱらってまいろう。御心配にはおよばぬこと」

というや、松風に打ちのり、トコトコと後陣さして引きかえした。後陣では、五百川《いもかわ》

縫殿助《ぬいのすけ》の勢がしんがりして敵とにらみ合っている。その間わずかに四、五間、双方共に槍ぶすまをくみ、今にも火を呼ばんばかりに緊張している。

慶次郎が槍を小わきに、馬をとことこ歩《あゆ》ませて来るのを見ると、鉄砲頭《がしら》兼軍奉行の杉原常陸介が呼びとめた。

「あの待ちかまえたる敵に、馬上では危のうござる。おりてかかられよ」

「うけたまわった」

ひらりと飛びおり、常陸介に言った。

「拙者が槍を入れたら、御辺《ごへん》は潮時を見て、敵の後陣に鉄砲を打ちかけていただきたい」

「心得た」

慶次郎は槍をかかえて前戦に出た。例の異風な服装だ。敵方ではおどろいた。

「おそろしくはでな、妙ないでたちのやつが出たぞ。何者であろうか」

と視線を集めていると、慶次郎は、

「穀蔵院ひょっと斎、前名前田慶次郎利太とはわしがことなり！」

と名乗りを上げるや、タタッと走りよって来た。九尺槍皆朱《かいしゅ》の槍のはたらき目にもとまらない。厳重な槍ぶすまは忽ち叩き散らされ、はね上げられ、最上勢は色めき立った。

これを見て、上杉方の勇士、水野藤兵衛、韮垣理右衛門、藤田森右衛門、宇佐美弥五右衛門などという皆朱槍の勇士がふるいたった。

「それ！　慶次郎におくれたぞ！」

と叫びかわすや、無二無三に突撃してきた。

見る間に最上勢は突き立てられて退る。兵を高みに上げてこの様子を見ていた杉原常陸介は、色めき立っている、敵の先陣や中陣にはかまわず、本陣を目がけて、二百挺の鉄砲の筒先をそろえて、どっと撃ちこました。つめかえ、こめかえ、雨の降るよう。しずまり返っていた最上の本陣も、伊達の本陣も、これで崩れ立って、四分五裂《ぶんれつ》、散々になって逃げ散った。

この時慶次郎が敵の勇士を突っころがしておいて、頭から小便をしかけたという話があるが、これは後世の講釈師が張扇《はりおうぎ》からたたき出したことにちがいない。信用の出来る書物には全然出て来ない。慶次郎はずいぶん人を食ったいたずらものではあるが、人間としての礼節は十分以上に心得ている人物だ。かりにも自分に槍をつけて来るような勇士にそんな恥辱をあたえるはずがない。

河原歌舞伎

一

関ケ原の戦いで西軍に味方した諸大名は、あるいは討たれ、あるいは生捕られて斬られ、どうにか戦場を離脱《りだつ》して逃れ得た者は、降伏していのちばかりは助けられて領地を没収されるものあり、大はばに領地を削られるものあり、さまざまであったが、西の島津家と東の上杉家とはなかなか降伏せず、ほぼ一年にわたって抵抗の色を見せた。島津氏は遠隔《えんかく》の地とて、討伐軍が向かわなかったから実戦にはおよばなかったが、上杉家には伊達政宗が何回となく攻めかけた。

政宗は家康から味方勝利のあかつきには百万石の領地をあたえるとの墨つきをもらっているのであるが、海千山千の政宗にはこんな場合の墨つきは必ずといっていいくらい空手形《からてがた》になることがわかっている。これを空手形におわらせないためには、既成事実をつくっておくよりほかないことも知っている。

「よしよし、上杉の領地から百万石分切り取っておこうわい」

と、考えたわけであった。

家康は上杉家の武力がズバぬけて強いことを知りぬいている。迂闊《うかつ》にかかっては手痛い目にあい、かえって徳川家の威光を損じ、悪くすると上杉家の威勢を大ならしめて東国全部の乱れとなりかねないと考えた。だから、おさえのためにのこした結城秀康にも、敵から打って出ないかぎりは、こちらから戦さをしかけてはならないとくれぐれも訓戒し、政宗の許へも、特に家臣中沢主税《ちから》をつかわして、

「領分境を堅固に持ちかためて、おかされぬ用心こそ肝要、必ず進んで上杉と戦ってはならない」

と、言ってよこした。関ケ原戦前の七月のことであった。

ましてや、関ケ原の勝敗はすでに決したのであり、山形方面に出動していた上杉勢も領内に引きこもって、出て来て戦おうとしないのであるから、政宗が家康の命に従順ならば、戦わねばならない必要はさらにないわけであったが、政宗にしてみれば、だからこそ、ますます百万石分切り取っておく必要があると考えたのであろう、関ケ原役《えき》の翌月十月六日に福島城におしよせてきた。

上杉方にも油断はない。忽ち応戦して撃退した。

その後は冬になって雪が深くなったので、しばらくは何事もなかったが、年が明けて春めいて来て雪が消えると、またおしよせて来た。

おしよせる度に、上杉勢は手痛く叩きかえしたのであるが、伊達勢は懲《こ》りない。いく

度でも挑戦して来る。

今、松川事件で名高くなった松川では、すんでのことに政宗は上杉方の岡左内貞綱に討取られようとするほどのあぶない目にあっている。

岡左内は、会津の前の領主であった蒲生氏郷の家来で三万石を領していたが、氏郷が死んで、蒲生家が封《ふう》をへらされて宇都宮に移された時、留まって上杉家に仕えて一万石を食《は》んでいたのである。

この日、左内は角《つの》さざえの冑をかぶり、南蛮鎧《なんばんよろい》(西洋製の鎧。日本で模造もした)を着、猩々緋《しょうじょうひ》の陣羽織を着、得物《えもの》としていたもろ刃《は》の薙刀《なぎなた》が打ちおれ、さらに佩刀《はいとう》のつばもとから切ッ先に至るまで血にまみれるほどの奮戦をしたので、戦い疲れて、しばし馬をとどめて息を入れていると、政宗はよき敵と見て、馬を駆けよせるや、うしろから、

「エイヤ、エイヤ」

と二太刀斬りつけた。身にはとどかなかったが、陣羽織の肩先と腰とを切り裂いた。

左内はおどろき、きっとふりかえって抜き持っていた二尺七寸の貞宗の刀で、片手なぐりに切りかえした。鋭い切ッ先は、政宗の冑の眉庇から鞍の前輪《まえわ》にかけて切りつけた。政宗がへきえきして受太刀になるところを、馬をおどらせてまた斬った。政宗の刀はものうちのあたりから折れて飛び散った。

政宗は馬をかえして逃げ出した。

左内はこれが政宗であることを知らなかった。こんなこともあろうかと思って、政宗

は粗末な鎧を着ていたからである。左内は追わなかった。そこに政宗の兵が二十騎ばかり駆けつけて来た。

左内は馬をかえして、松川（阿武隈《あぶくま》川の支流）にさっと乗り入れ、こちらの岸に引きかえした。

政宗はさしぞえの一尺八寸の刀をぬいてふりまわしながら、二十騎と共に左内をののしった。

「きたなし。返せ！　卑怯者！」

左内はふりかえって、ののしりかえした。

「うぬら、くそでも食らえ！　目のきいた剛《ごう》の者は、さような大勢の中には返さぬものぞ！」

しかし、あとで左内はあれが政宗であったと聞いて、

「しまった！　組打ちしてでも討取るべきであったに！」

と、残念がったという。

後年のことになるが、左内が伊達政宗と会った時、政宗はこの松川合戦のことを語り、

「おれはそなたに斬りつけ、陣羽織を斬り裂いたはずだ」

と言ったところ、左内はその時の陣羽織を取り寄せて、政宗に見せた。政宗の切り裂いたあとは、金糸できれいにかがってあった。

「名将の遊ばされたものでございますので、記念のためにこうして大事にしています」

と言ったので、政宗は大満悦であったという。

この岡左内は、当時第一流の武人で、色々と逸話の多い人である。

彼は貨殖《かしょく》の道にたけていて、中々の金持であったが、いつも書院の間と次ぎの間とに金銀をうず高く打ち散らし、それを眺めたり、その上に寝そべったりするのを楽しみにしていた。人々は、

「武士に似合わぬ所業《しょぎょう》、町人のようなことをする。あのぶんでは今に金銀に心をうばわれて、武士の道を取りはずすであろう」

と爪《つま》はじきをしていたが、ある時いつもの通りこの楽しみをやっている時に、彼の組下の武士らが喧嘩をはじめたという知らせが来た。

左内はガバと起き上がるや、両刀をつかみざしにし、秘蔵の鹿毛《かげ》の馬に打ちのって屋敷を飛び出し、喧嘩場に行って仲裁した。その仲裁に一日二晩かかったが、その間金銀は打ちちらしたままであったので、人々は、

「左内の金銀好きは、ちと普通とはちごうな」

と首をかしげたという。

出陣の知らせがあると、武士達はいつも皆、馬だ、鎧だ、弓だ、鉄砲だと、その準備に骨折り奔走するのだが、左内はかねてから十分な用意をととのえているので、一向にさわがず、能役者等を呼んで能や乱舞《らんぶ》をやらせたり、連歌師《れんがし》を呼んで、連歌の興行をしたりして楽しんだ。

「こんな時には役者も連歌師もひまである故、ひとしおよくつとめてくれるでな」

と、笑っていた。

また、こんどの戦さがはじまる時、左内は景勝に、

「御用意は十分にお出来になっていることでございましょうが、軍用金だけは多過ぎてこまるということはないものでございますから」

といって、永楽銭《えいらくせん》一万貫を献上した。銭一万貫は金子《きんす》に換算すると二万五千両、金地《きんじ》金《がね》にして十貫目、今（昭和三四年当時）の金になおすと三千二百五十五万円だ。

また、家中の者で出陣の支度にこまっている者には、おしげもなく金をあたえて支度させたという。

彼は上杉家が会津百二十万石から米沢三十二万石に移された時、伊達家から三万石で招かれたが、ことわって、蒲生家に一万石で帰参した。

死ぬ時、蒲生忠郷にかたみとして黄金三万両と正宗の太刀一腰を、忠郷の弟忠知に黄金千両と景光の刀と貞宗の短刀を献上し、また家中の朋輩《ほうばい》等にもそれぞれ数十両から数百両の金をおくり、かねて貸しつけていた金銀の借用証文は一つのこらず焼きすてたという。彼はキリシタン信者であったという。

この左内の弟吉左衛門の娘おふりは三代将軍家光の妾となって千代姫を生み、千代姫は尾張侯光友の夫人となった。

さて、この松川合戦では、伊達家は兵糧、弾薬、九曜星《ようせい》の紋のついた陣幕《じんまく》、紺の絹地

に黄色い糸で法華経《ほけきょう》二十八品《ぼん》を繡《ぬ》いとりした幕等を奪われるという始末であった。

この幕には後日談がある。後年二代将軍秀忠が江戸の上杉家の屋敷に来臨した時、上杉家では、これらの陣幕を馬屋と台所に張って迎えた。伊達政宗はこの日の御相伴衆《ごしょうばんしゅう》の一人として供奉《ぐぶ》したが、思いもよらずわが家重代の幕が張りめぐらしてあるので、羞恥赤面したという。

このように政宗が懲りずに戦さをしかけては打負けている知らせが、家康の許にとどくと、当時家康は伏見にいたが、おそろしく機嫌を悪くした。

「決してこちらからしかけてはならないと言ったのは、かかることがあろうと思うたればこそのことだ。伊達が心中まことにいぶかしい」

とまで言って、早速にまた使者をつかわして、叱責《しっせき》してやった。戦さが勝つまでは諸大名の機嫌を取らなければならないが、すでに圧倒的な大勝利を得た以上、家康には、遠慮しなければならない必要はない。ずいぶんきびしく言ってやった。政宗は恐れ入って、兵をおさめた。

一方、家康は上杉家の懐柔にかかる。

「そなたに別心のないのは、わたしにはよくわかっている。武士の意気地として、兵を向けられたから相手になったまでのことであろう。関ケ原役一年の間、少しもひるまず、弓矢の道を立て通して、伊達や最上《もがみ》という剛敵を相手に度々勝利を得ていること、あっぱれである。さすがに不識庵以来の武勇である。しかしながら、いつまでもそうしていては、民のわずらいにもなる。このへんで降参しても、決して恥にはなるまいぞ」

といった工合《ぐあい》に持ちかけた。慶長六年の六月のことであった。

上杉家ではずいぶん反対もあった。重臣等は直江をはじめとして、

「内府は腹黒き人、いかなる計略があるかわかりません。万一のことがあったら、取りかえしのつかないことになります」

と、諫《いさ》めたが、景勝は降伏と心をきめている。

「この上戦おうといっても、戦う余力はないぞ。伊達や最上くらいが相手なら、あしらいも出来るが、天下の兵を向けられては、みじめな戦《いく》さをせねばならん。かえって弓矢の恥になる。降伏せよとさそって降伏させておいて、腹黒く討取るのであれば、非は内府の方にある道理だ。討取られたところでかまわん。このへんが手の打ちどころであろうよ」

ついに降伏にきまった。

二

七月半ば、景勝は上洛の途についた。降伏の旅であるから、供の人数も至って少なく、上下わずかに百人ばかりであった。しかし、慶次郎は特に乞うて、その人数の中に加わった。久方ぶりに京を見たくもあったし、京都なれた自分がいれば、何かと上杉家のためになることもあろうと思いもしたのであった。

伏見には八月一日についた。かつての屋敷がのこっているので、そこに落ちつく。

家康は二十四日に引見した。

「早々の上洛、祝着である。それでそなたが、こんどのことに別心がなかったことの証《あか》明《し》も立つというものである」

と家康は至って上機嫌で、ねんごろなあいさつであった。

（案ずるよりは生むが安いとはこのこと。よくこそ上洛した）

景勝も家来共も、旅の期間中つづいていた緊張から解きはなされて、ほっとしていると、二、三日して、上使が来た。なにごとであろうと出迎えて会うと、

「別心なき以上、もちろん本領相違はあるまじきことであるが、他へのしつけもある。会津百二十万石は公儀へお取り上げになり、そのかわりに米沢三十二万石を下さる。さよう心得ますよう。なお本年中に引き移りますよう」

米沢三十二万石というのは、これまで直江山城が上杉家の領地とは別に所領していた分であり、その直江には別に領地をくれるわけでないから、以後は三十二万石のうちから直江にもあてがわなければならないのだ。つまり、実質的には、百二十万石から三十二万石にされるのではなく、百五十二万石から三十二万石にされるのだ。

景勝をはじめとして、応対に出た重臣等は胸をつかれる思いであった。

（すでに別心なしという以上、処罰がましきことがあってはならないはずである。このような苛酷《かこく》な処分があって、よいはずのものではない！）

怒りがこみ上げてきた。

（あざむかれた！）

という思いが切なかった。

しかし、どうすることが出来よう。反抗するならば国許にいる間のことだが、国許にいてもはかばかしい反抗の出来ない見通しがついたればこそ、降伏を承知してこうして出て来たのだ。不服があっても、怒りがあっても、この命令をのむよりほかはなかった。

「御諚《ごじょう》かしこまりたてまつる」

と、答えたのであった。

上杉家の一行は、さなきだに憂鬱《ゆううつ》な旅であったのに、これで一層憂鬱になった。広い屋敷にわずかに百人ばかりでいるのだ。火が消えたようであった。

ある日のこと、慶次郎は本阿弥光悦の家を訪れた。

「おお、これはおめずらしい。上って来ておられたのですか。中納言様（景勝）が御上《じょう》洛《らく》遊ばしたとはうかがっていましたが、お供してまいられたとは、少しも存じませんでした」

光悦はなつかしげに言ったが、すぐ、

「中納言様の御首尾よろしからぬとか、お気の毒に存じます」

と、見舞を言った。

「残念であります。しかしながら、あれほど思うままのことをなすったのです。その代価じゃと思えば、いたし方のないことでありましょうよ」

と、慶次郎は笑った。

光悦は最上合戦における慶次郎の武功についても、もう知っていて、祝儀をのべた。

「度々の御高名、中にも酢川《すかわ》とやらでの返し口の一番槍のお働きなど、世外のわたくしですら、胸の湧くものがあります」

「ほう、これはおどろいた。悪事千里ですな」

「加賀の御家中はもとよりのこと、この京や伏見のお武家なかまでも、大へんな評判でございますぞ」

「いや、恥かしゅうござる。たかの知れた田舎大名相手の働き。そんなことをほめられるより、伊勢物語の研究をほめられた方が、拙者はずっとうれしゅうござるぞ」

と、慶次郎は笑った。

光悦も笑いながら、

「そういうものですかな。わたくしも本職のとぎや拭いのことをほめられるより、余技である蒔絵《まきえ》や筆道をほめられる方がうれしいのですがな」

「その通り、その通り」

酒が出て、いろいろな話が次ぎから次ぎへと出た。

光悦は、村井又兵衛の娘のお篠《しの》が去年加賀の家中に縁づいたことを語った。相手は慶次郎もよく知っている人物だが、年がかなりひらいている。それに、慶次郎が加賀にいる頃はもう妻があり子供があったはずだ。

「これは何といってもあなた様がお悪いのですよ。お篠様はいつかはあなた様が迎えて下さると、ずっと待って見えたのですが、とうとう待ち切れなくなって、他へお縁づきになる気になられたのです。それも、とうに婚期が過ぎていますので、後添いとして行かれたのです」

「まあそう言って下さるな。拙者の立場にもなっていただきたい。あの人のために拙者が犠牲にならねばならんということはないではありませんか。ましてや、拙者は迎える気はないと、あれほど申していたのだ。それをいつまでも待っていたのは、向こうの勝手ですよ。拙者の責任になさるのは酷《こく》ですよ」

と、むきになって言いながらも、胸が重かった。気の毒なという気持が切なかった。

二人はしばらく無言で、互いに酒を飲んでいたが、ふと光悦は言った。

「今日はゆっくりなすっていいのでしょうな」

「別段に急いで帰らなければならないこともありません」

「そんなら、少しつき合って下さいまし」

光悦は奥へ引っこんだが、すぐ外出の支度をして出て来た。

「さあ、出かけましょう」

「どこへ」

「伏せておきましょう。その方が興が深い。行ってみればわかります」

と、光悦は笑った。しばらくの後、二人は四条河原へ出た。

当時四条の河原は一種のさかり場になって、歌舞伎《かぶき》芝居の元祖と称せられる出雲《いずも》のお国《くに》が興行していた。出雲のお国については昔から各説あるが、足利《あしかが》末期から慶長年間にかけて数人あって、皆出雲大社の巫女《みこ》として、大社の建造費用を集めるために京に上って来て念仏踊りを興行したというのが、普通に行なわれている説である。このお国はその最後のお国だ。彼女は当時有名な女性であった。結城宰相秀康がお国を伏見の自邸に招いて、その踊りを見て、さんぜんとして泣いて、

「お国はまだ年若な女でありながら、その名が天下に聞こえている。おれは堂々たる男子でありながら、未だ天下の人をおどろかすほどの功業を立てていない。お国に遠く及ばないのだ」

と、なげき、お国に盃《さかずき》をあたえ、

「そなたの肩にかけている水晶の数珠ははなやかな踊りにふさわしくない。これをやろう」

といって、珊瑚《さんご》の数珠をあたえたという話が伝わっているほどの女であった。

その頃の歌舞伎小屋は、まことに粗末なものであった。屋根の葺《ふ》いてあるのは舞台だけ、見物席は野天であった。まわりにまん幕をはりめぐらし、木戸口にやぐらを組み、上に槍だ、薙刀《なぎなた》だ、毛槍だと立てならべて、そこで客呼びの太鼓を鳴らしていた。

これが歌舞伎小屋であることは、慶次郎はもとより知っている。以前彼が京にいた頃

にも歌舞伎興行はあったのだ。また、これがお国を座頭《ざがしら》とする一座であることも知っている。

「ほう、出雲のお国はまだ当地で興行しているのですな」

と、慶次郎がいうと、光悦は笑って言った。

「あれへ行こうというのですよ」

なんだと思った。出雲のお国が稀に見る美女であることは知っているが、その単調で念仏くさい踊りには以前からそう興味がないのだ。

その心がわかったのであろう、光悦はニコリと笑って、

「お国の踊りは近頃ずいぶんかわりました。まあごらん下さい。ごらんになって損はないはずです」

櫓太鼓の鳴っている木戸口を入った。中は七、八分《ぶ》の入りであった。皆地面にじかにしいた荒むしろの上に、思い思いの姿で坐っている。

光悦は下人《げにん》に持たせて来た毛氈《もうせん》をしかせて、慶次郎を請《しょう》じた。

当時の芝居の舞台には、後世のような幕はない。能舞台と同じで、囃子方《はやしかた》は舞台の奥に居ならんで、太鼓、笛、三味線、小鼓などを鳴らしていた。すべてこれらのことは、慶次郎が以前見たままと一向かわりがない。ただ演ぜられる芸はいくらかかわってきていた。

たとえば、以前は、

はかなしや
かぎにかけても何かせん
心にかけよ、弥陀《みだ》の名号《みようごう》
南無阿弥陀仏

といったような念仏をすすめる意味の宗教的な唄をうたって、それに合わせて舞うばかりであったが、今見る舞台ではそんな念仏くさい陰気なものはない。はやり唄をうたい、それに合わせて軽妙におどっている。

吉野山べの賤《しず》の家の山の風
あられさらさら　はらはら　ほろと
降る夜に目がさめ
あわぬ夜つれなや
物憂やの
伏見恋いしゅて
出でて見れば

伏見かくしの霧が降る
　なんぼ恋には身が細る
　二重《ふたえ》の帯が三重まわる

　というような恋の小唄だ。昔とくらべてはずいぶん世間の好みに合うようになっている。しかしながら、特別とりたてて言うほどのものではない。慶次郎は次第に退屈して来たが、光悦は、

「どうです。ずいぶんかわって来ましたろう。今にもっとかわったのが出て来ます」

と、いう。そこに、光悦の家の下人が重詰《じゅうづめ》を持って来た。出がけに言いつけておいたものらしい。

「召し上がりながらゆるゆると御見物下さい。間もなく一層面白くなります」

　こうまで言われてはしかたがない。弁当をつついたり盃を上げたりして、所在なく見物していると、とつぜん舞台の囃子がかわった。太鼓も、三味も、笛も急調になった。見物の様子にも変化が見える。坐りなおして、緊張した様子だ。

（おや！）

　と、慶次郎が思う間もなく、舞台の下手《しもて》からキリキリ舞いしながら立ちあらわれたものがあった。濃紺に銀をすりはくした小袖《こそで》を着、上に緋《ひ》の袖無羽織《そでなしばおり》に赤地錦《あかじにしき》のかわり襟をつけたのを羽織り、朱ざやの角つばの大小をさし、編笠をかぶった武士であった。つ

むじ風に吹きまくられたような様子で舞台の中央まで来ると、立ち直り、

「やれやれ、やっと脱《だ》け出いて来た。おれが女房共は三千世界に類のないりんき女。おれがどこぞへ行くと言えば、やれどこへ参られますぞ、やれなんどきにお帰りなされます、やれ今日はわたしが気分が悪いよって家にいて下され、やれお前様は外へ出なさると酒《ささ》を召し上がってはお帰りがおそくなります、今日は召し上がらないで下され、召し上がりたくば家でわたしの酌《しゃく》で召し上がって下され、やれ外にはたんと、おなごどもがいます、気をつけて下され、などと言うて、快《こころよ》う出してくれたことがない。わしも気ぶせいによって、今日は犬くぐりの穴からくぐり抜けて出て来た。あとでわしがいないことを知って、どんな顔をするやら、フン、いい気味であるわい」

と、おかしみたっぷりに言って、腰の扇をぬき出し半びらきにして口もとにあて、左手をふところにして、

「どれ、久しゅう行ってやれぬによって、あの子どうしているやら……」

しゃなりしゃなりと歩いて、舞台を三、四まわりすると、こんどは舞台の上手《かみて》から赤いしごきでたすきをかけ、目のつるばかりにうしろ鉢巻した美しい女（お国）が、薙刀を小わきに走り出して来た。

男とほどよい距離をおいた位置に立ち、小手をかざして遠くを見る形で客席の方を見て、

「わたしが亭主は日本はおろか、唐天竺《からてんじく》にもないほどなよい男、それじゃによって、世

間の女《おなご》どもがぞろりぞろりとつきまとい、袖を引き、裾を引き、襟を引く。心配でならぬによって、この日頃どこへも出さずに家に窮命《きゅうめい》させておいたところ、あろうことか、今日は犬くぐりの穴からすり抜けて出てしもうた。定めておなごどものところに行ってうじゃじゃけるつもりに相違ない。おのれやれ、やれ、行かせてなろうか」

と言って、舞台をまわりはじめた。男女はしばらくそれぞれにまわっていたが、やがて正面から顔を合わせた。

「や！」

「おのれ、やれ！」

男は尻もちつかんばかりに驚いた形となり、女は怒りにたえぬ様子で薙刀を水車にまわして斬ってかかる。しばらくの間、滑稽なことばのやりとりとおかしみにあふれた立回りが展開した。

見物人らは声を上げ、腹をよじらせて笑いこけた。慶次郎も笑い出した。あとは狂言がかりに、男が逃げ出し、女が、

「やるまいぞ、やるまいぞ」

と追いかけて奥に入るところでおわりになった。光悦はふりかえった。

「いかがです」

「面白いですな。なるほど、お国はかわりましたな」

「お国にこの工夫を授けたのは、今のあの男です」

「男？　あれは男なのですか」

慶次郎はおどろいた。編笠をかぶっていたから顔はわからなかったが、やはり女が扮《ふん》しているのだと思っていた。

「男ですとも、しかも、あなた様のよくごぞんじの男」

「えっ！」

「名古屋山三郎」

白雲悠々

一

「ほんとですか」

慶次郎は目をまるくした。疑う気はない。驚きのことばが疑問の形をとったにすぎない。山三郎ならばこういうことになったとしても、ありそうなこととすぐ思った。なんとなく、嘆息が出た。

「飛驒守様（蒲生氏郷）がおなくなりになった時、あの人は蒲生家からひまをとり、山左衛門と名前を改め、しばらくこちらで浪人ぐらしをしていましたが、去年の冬からお国と共同してこんなことをはじめられたのです。いくらか世に飽かれ気味であったお国歌舞伎が、新しい生命を吹きこまれて、評判をとりかえしたのは、あの人の工夫によると言われているのです」

と、光悦は説明した。

「なるほど、なるほど。拙者はあの人がまだ少年であった頃の一時しか知りませんが、年少に似ず風流韻事《いんじ》には豊かな天分があったようです」

といいながら、慶次郎は、山三郎はいくつになったろうと、胸のうちで指をおった。慶次郎が山三郎を知ったのは、朝鮮の役がおこった時だ。即ち文禄元年、その時山三郎は十六歳であったから、今は二十五になっているはずだ。

「花も恥じろう美少年であったが、どうなっているであろう」

と思った。

間もなく、日暮れ方となり、芝居は打出しとなった。二人は、下人《げにん》等にあとをかたづけて帰って行くように命じて、観客の流れにまじって小屋を出た。

光悦が言う。

「さて、どこにまいりましょう。久方ぶりに、柳ノ馬場《ばんば》へ出て行ってみましょうか」

「ようござろう。いく年ぶりのことです。京の楽しみをつくしてかえりましょう」

河原よもぎの中にふみわけられた、赤い夕日の流れている小砂利道を、肩をならべてたどっていると、ふと、うしろにせいせいはずむ息の音が聞こえたかと思うと、若い女の声で呼びとめられた。

「少しおたずねいたします」

ふりかえると、十七、八の美しい娘だ。品がよいとは言えないが、洗いみがいたように垢《あか》ぬけした感じだ。薄《う》っすらとひたいに汗をにじませ、こんもりとした胸もとがあえいでいるのが可愛らしかった。おじぎをして、愛嬌のある笑いを見せて言う。

「ぶしつけでございますが、禅門様は以前のお名前を前田慶次郎様とおっしゃる方ではございませんか」

慶次郎は青々と剃った顔を撫でて、

「はは、禅門様か。なるほど、禅門様には相違ないの。両刀は帯していても、この頭じゃ。——その通り。前名前田慶次郎利太《とします》、今の名は穀蔵院忽々斎《こくぞういんひょっとさい》。しかし、そなたは誰だな」

「お国歌舞伎の者でございます。名は信乃《しの》、よろしくごひいきを」

「ほう」

「師匠が舞台からお姿をお見かけして、ぜひお目もじいたしたいと申します。お願いでございます。お聞きとどけ下さいまして」

「師匠というのは、名古屋山左衛門殿のことだな」

「はい。しかし、お国も一緒にお目もじを許していただきたいと申します」

会いたかったが、光悦の意をはかりかねてそちらを見ると、その意を見てとって、娘は光悦におじぎして言う。

「旦那様は本阿弥様でございますね。旦那様にもお目にかかりたいと申します」

光悦は笑って慶次郎に言った。

「せっかくの御招待です。その上、こんな可愛いお使者が立ってまいられたのです。男冥利《みょうり》につきましょう。応じようではありませんか」

慶次郎は笑ってうなずいた。

「仰せの通りです。受けましょう」

娘はうれしげに笑った。

「ありがとうございます。では、こちらにおいで下さいまし」

小屋に連れてかえるかと思うと、そうではなかった。河原を横切って大和大路に出、少し行って、練塀《ねりべい》をめぐらした屋敷に導いた。手入れのとどいた樹木にかこまれたその家には、公家《くげ》や武家風のいかめしさはなかった。瀟洒《しようしや》で、どこか俗にくだけたところがある。大町人の寮（別荘）風に見えた。

玄関にさしかかると、奥から走り出して来た者があった。

「これはこれはようこそ。お久しゅうございます」

山三郎であった。昔の艶冶《えんや》な美しさはなくなっていたが、たけ高く、引きしまった顔は、やはり得がたい美青年であった。

「お久しゅう。全く意外でありました。本阿弥光悦殿から、貴殿であると聞いて、おどろきました」

「ごもっともであります。てまえ自らおどろいているのでありますから」

山三郎は笑って答えて、光悦の方を向いて会釈《えしやく》した。

手を取らんばかりにして奥へ案内した。書院風の座敷に請《しよう》じて、座が定まると、すぐ酒肴《しゆこう》が出て来た。

二、三献《こん》すんだところで、山三郎は言った。
「武門に生まれた者として、似合わしからぬ今のなりわいとお考えになっているでありましょうな」

芸能をもって職業とするものはすべて賤民《せんみん》視された時代であった。それはこの時代の庶民芸能のほとんど全部が漂泊の賤民であるクグツの芸能から出ている名ごりであった。すでに武家の式楽《しきがく》となっている能楽も、足利《あしかが》時代の初頭までは賤民の芸能であったので、この時代は言うまでもなく、徳川時代の中期に近い頃まで、能楽師は武家のおかかえになって扶持《ふち》をもらっていても、武家との婚姻は許されなかったのである。能楽ですらこんな風であったから、大衆相手の芸能人はすべて「河原もの」と呼ばれて賤民あつかいを受けていたのである。新興の芸能である歌舞伎も決して例外ではなかった。山三郎の問いの底にはこのことがあったのである。

慶次郎はいたってまじめな表情で問いかえした。

「貴殿は卑下《ひげ》していなさるのか」

山三郎は少しうろたえたようであった。

「いえ、しかし……」

「しかしとは？」

慶次郎はきびしい調子をゆるめず、追及した。

「わたくし自身は決して卑下してはいませぬが、世間では……」

「世間は世間にまかせておきなさるがよい。籠の中で育った小鳥には大空を飛ぶ鳥の気持や生きようは、わかりはせぬ。凡俗のしきたりや約束の中でしか生きることを知らぬものに、濶達《かったつ》自在に生きようとするものの生き方が、どうしてわかりましょうぞ。一切かまわんがよろしい」

「それは承知していますが……」

「御承知であるなら、なにをなやむことがござろう。芸能というものは、つまり遊びにすぎないもの。人間が餓《う》えになやみ、寒さにこごえて、生きるだけがやっとという時には、芸能はかえりみられるものではありません。そんな時には、人間は、歌も、おどりも、絵も、和歌も、文章も、皆忘れます。生きることにゆとりが出て来て、はじめて芸能をほしがる心が出て来るのです。それ故、遊びであるには相違ない。しかし、断じて無用なものではない。無用どころか、この上なく尊いものであると言ってよろしい。人間には様々な欲があります。色欲、食欲、物欲、権勢欲、数え上げればきりがないほど色々な欲があります。芸能を楽しみたいというのも、その欲の一つだが、すべての人間の欲のなかで、最も高いものの一つです。心の餓えを満たしてくれるものでありますから。神仏の祭りに必ず芸能がついているのもこのためです。人の心に直《じ》かにふれてこれをゆりうごかし、神仏の恵みと功徳《くどく》を心にしみて感じさせてくれるのです。もし芸能というものがなかったら、人間の生活は野獣の生活と変らぬ殺風景なものになってしまうものです。芸能があればこそ、人間の生活が人間の生活となり、この世に生を受け、生きつづけることのよろこびを感ずることが出来るのだと言えましょう。これから世が太平になって行くにつれて、芸能は益々人間にもとめられるのです。貴殿はその芸能の人となって、よい芸能を生み出し、人々の心によろこびを呼ぼうと苦労しておられるのだ。菩薩行《ぼさつぎょう》といってよろしい。世が太平となれば無為徒食《むいとしょく》して民の重荷にしかなりようのない武士の生活とくらべるだけでもおかしいですぞ。——いや、これは釈迦《しゃか》に説法、先刻御承知のことだ。今さらめかしく申し上げるまでもないことでありましたな」

すると、光悦も言った。

「慶次郎様、よう仰せられました。てまえも同感であります」

両手をついて聞いていた山三郎は、しばらくうつ向いて平伏していたが、すぐ、涙ぐんだ声で言った。

「うれしいことを申して下さいました。てまえも相当強い覚悟をもってこの道にふみこんで来たのでありますが、かれこれと世の人や知り人らに言われますと、つい迷いが出まして……しかし、かねてからてまえが最もうやまい申し上げているお二方にそういっていただいて、この上のよろこびはございません。もう迷うことではございません。ありがとうございました」

「この上とも、しっかりとおやり下さい。歌舞伎おどりは、これからもっともっとさかえ、日本人の一番大きな楽しみになるに相違ありませんぞ」

酒が勢いよくまわりはじめた。今日の演技の批評やら、山三郎の将来の抱負《ほうふ》やら、活潑な談話がかわされている時、さらりとからかみがあいて、左右に歌舞伎女を二人したがえて、お国が出て来た。三人とも新しい膳部をささげ持っていた。お国が慶次郎の前に膳をすえると、他の二人が光悦と山三郎の前にすえた。

山三郎はお国を紹介した。

お国は仔細《しさい》に見ると、そう顔立ちのよい女ではなかった。下《しも》ぶくれ気味のその顔は、鼻がひくいし、口が大きすぎるし、どちらかというとお多福めいていた。しかし、それでいて、おそろしく花やかな美しさがあった。ぬけるように色が白く、唇が紅く、真黒でみずみずしい大きな目をし、大がらで肉づきのよいからだのくせに舞いで鍛えた身のこなしが水際《みずぎわ》立っていたからかも知れない。暁の微風に吹かれている大輪《だいりん》の白蓮《びゃくれん》を見るような感じがあった。

三味線と笛が持って来られ、山三郎が器用な手つきで三味線をひき、女の一人が笛をかなで、お国が舞扇《まいおうぎ》をとって立ち上がり、酒宴はいつはてるともなくにぎやかにつづけられた。

二

数日の後、上杉景勝は帰国の途についたが、途中江戸に立ち寄った。秀忠にお礼言上《ごんじょう》のためである。実質的にはペテンにかけて降伏させられたのであるが、名分は徳川内府の寛容によって、いのちを助けられたばかりか、家名をとりとめることが出来たことになっている。不平はあっても言ってはならない。秀忠に拝謁《はいえつ》して、わびを言い、礼を言わなければならない。それがマイト・イズ・ライト（力は正義なり）の世のきびしいおきてだ。

江戸へついたのは九月末、今の暦では十月末から十一月はじめの季節だ。晩秋の風が旅衣《たびごろも》にはもう寒かった。

京へ上る時は中仙道を取ったので、江戸はいく年ぶりであった。一行は江戸の急激な変化におどろいた。一行の大部分は、秀吉の小田原征伐に従軍しているから、徳川家の城下町となる以前のことを知っている。その頃のここは奥州街道沿いのさびしい宿駅で、戸数も百戸あるなし、城といっても太田道灌《どうかん》の居城であった頃の面影はさらになかった。北条家の被官《ひかん》で、ここの領主であった遠山家が陣屋程度の小城をかまえているにすぎなかった。草茫々の原野と、雑木林《ぞうき》と、沼沢地とが入りまじった荒涼とした中に、ところどころに農家が数軒ずつ散らばり、そのまわりにほんの少しばかり田畑があるにすぎなかったのだ。

また、一行中のあるものは、ここが徳川家の城下町になってから見ている。なんといっても日本一の大大名の城下であるから、その発展は急速であった。城は修理、増築され、家臣等の屋敷がならび、町家町も出来ていた。しかし、要するに一大名の城下町であった。

ところが、今見る江戸はその頃の二倍にも三倍にもふくれ上り、なお膨脹《ぼうちょう》してやまない勢いを見せている。町家町がふえ、諸大名の屋敷まで建ちつつある。つまり、家康自身は用心深くまだ征夷《せいい》大将軍になることを遠慮しているが、その城下町は一足先きに日本の中心となりつつあるわけであった。関ケ原の戦いがあってから一年経つや経たずでそうなのだ。権力交代の姿と、蟻の甘きにつくように、権勢の襟許《えりもと》について行く世の軽薄さをありありと見せつけられて、みんなにがい気持であった。

一番目立つのは、徳川家の家臣等の人も無げな姿であった。天下はもう捨てておいても自分らの旦那のものになるという自負《じふ》からであろう、肩で風切る勢いだ。こちらは降伏者であるだけに、一層それが強く感ぜられる。

「ああ、早く帰国したいのう」

「帰国すれば国がえだ。禄を五分の一か六分の一かにへらされ、米沢に移らねばならんのだ。あてがわれる屋敷もうんと小さくなるだろう」

「禄をへらされ、小さな屋敷でも入る屋敷をもらえる者はまだよい。お暇を出されるかも知れんのだぞ。譜代《ふだい》の衆は安全であろうが、御当代になって召し抱えられた者は危いな」

「それに、あちらはもう雪だ」

「ええい！　腹の立つことばかりだわい」

宿舎と定められた芝の浄土宗の寺で、上杉家の家臣等は、外出からかえって来ると、陰鬱な会話をぼそぼそとかわしていた。

そのある日のこと、一人が外出先から帰って来た。ひどくきれいな、血色のよい顔になっている。

「おや、おぬし、えらいいい顔をしとるのう。酒でも飲んで来たのか」

と、聞くと、

「風呂に入って来たのじゃ」

と答えた。

「風呂？　誰がそんな馳走をしてくれたのじゃ」

「誰の馳走でもない。銭を出して入って来た」

「銭を出して？」

「ああ、銭湯《せんとう》というものがあるのじゃ」

「なんじゃと？」

この問答を聞いて、皆ぞろぞろ集まって来た。

「そりゃほんとうか」

「ほんとうに銭を出せば風呂に入れてくれるところがあるのか」

「どこにあるのじゃ、それは」

よってたかって質問する。

「ほんとうじゃとも、永楽《えいらく》三文で入れるのじゃ」

「どこじゃ、それのあるところは」

「どこというて、口では言えん。行くなら、明日わしが連れて行こう」

「ぜひ連れて行ってくれい。頼むぞ」

われもわれもと志願者が出て来て、忽ち五、六人になった。

風呂は当時ではなかなか貴重なものであった。この頃は「風呂」とだけ言った場合は、むし風呂のことで、今日の風呂はとくに「水風呂《すいふろ》」といった。「風呂」はその装置も複雑であり、これを焚《た》くには相当多額な費用を要したので、普通の家庭にはもちろんない。うんと富有な家だけが湯殿をもっていて、そういう家が馳走として入れてくれる以外には一般の人は入る機会はなかった。蒲生氏郷が時々手ぬぐいで髪をつつんで自ら風呂を焚いて家臣を入れてやったことや、この時代一流の武士で、諸家をわたり奉公した後、藤堂家に仕えたのを最後に、十万石でなければどこへも仕えないといって浪人でおわった渡辺勘兵衛が、京都で浪人ぐらししている間、毎日風呂を立てて知り合いの浪人等を招待しては入れてやったことが大へんなこととして当時の記録に特筆されている。それくらい珍重されたものである。

だから、上杉家の家臣等も、もし銭を出してはいれるものなら、一浴して旅の垢《あか》をおとしたいと思ったわけであった。

三

翌日の昼頃、風呂志願者は打ちそろって宿舎を出て行ったが、二時間ばかりの後、まことに面白くなさそうな顔でかえって来た。出かける時の楽しげな様子はさらにない。みんなにかぷりぷりしたような顔をしている。宿舎にいのこった者らが様子を聞くと、おりあしく徳川家の武士らが五、六人来て、傍若無人《ぼうじゃくぶじん》にふるまい、わるくすると、喧嘩になりそうであったので、早々に引き上げて来たという。

「江戸はいやなところじゃ」

「早うかえりたいのう」

と、話はいつものなげきになった。

この日、慶次郎は叔父利家の未亡人芳春院松子の屋敷にごきげん伺いに行った。芳春院は去年関ケ原役の二、三カ月前から前田家の人質《ひとじち》として江戸に来ているのであった。久しぶりに叔母甥が会ったこととて、つもる話が色々と出て、夕方近く宿舎にかえって来ると、人々の風呂ばなしを聞かされた。

「ふうん、そうか、くだらん奴じゃな。どうだな、わしと明日もう一度行きなさらんか。もしそいつらがいたら、追っぱらって、わしらだけでのびのびと入る工夫があるが」

「工夫とは？」

「天機はもらすべからず。この胸三寸にある」

慶次郎は自信ありげに笑って、胸をたたいて見せた。

慶次郎の奇策縦横《じゅうおう》は、皆知っている。行こうということになった。

翌日、人々は新たな志願者も加えて十人ほどとなって、宿舎を出た。

銭湯は神田にあった。当時の風呂は前に書いた通りのものであったから、風呂屋は遊《ゆう》楽《らく》の場所でもあった。単に入浴を楽しむだけでなく、風呂を上がると座敷に通り、適当に飲食して楽しむことになっていた。次ぎの時代になると、この傾向が更に進んで、湯《ゆ》女《な》風呂として色めいた女などおいた私娼《ししよう》宿兼業のものとなって来るのだが、この時代にはまだそれほどのことはなかった。

先ず座敷に通って風呂場の様子を聞いてみると、徳川家の武士等が七、八人来て、今ちょうど入ったところであるという。他家の武士らがいつも、いびられていることを知っているらしく、亭主は気の毒げな顔だ。

「そうか、そうか、よくわかった」

慶次郎は亭主を退《さが》らせて、

「これからわしがじゃまもの共を追っぱらうから、貴殿方はしばらくしたら来ていただきたい」

と人々に言っておいて、風呂場へ向かった。当時の入浴は今日のように赤裸《あかはだ》かでするものではなかった。男はふんどしをしめ、女は湯具《ゆぐ》（湯もじともいう）を腰にまいて入ったのだ。入りようがある。水を入れた手桶《ており》を前にすえ、葉つきの竹木の枝をもち、簀《すの》子《こ》になった床から吹き上げて来る熱い蒸気によって皮膚が十分にむれ、毛穴がひらいたと思われる時、枝に水をひたして軽くぴしぴしと打って、垢や汗をしぼり出すのだ。風呂は、洗い場より三尺ほど高い台になり、蒸気を中にこもらせるために上から大きな重箱のふたのような形のものがかぶさっていた。こんな構造である上に湯気が充満しているから、中は真昼間でも暗かった。よくよく視線をこらして、相客のすがたがおぼろに見えるくらいであった。

慶次郎がざくろ口から風呂場にはい上がった時、風呂場の中は先客の徳川武士らの傍若無人の高話《たかばなし》と高笑いでワンワン鳴りどよめいていたが、慶次郎の入って来たのを見ると、一斉に目を向けた。暗い中に目が白く光って、

（なにものだ、おそれげもなく……）

といいたげなけわしいものがあった。

慶次郎は動じない。

「ごめん」

とだけ言って、人々の間をおし通って奥へ入った。人々は無礼とがめするような目つきになったが、ふと慶次郎の腰になにか異様なものがあるのに気づいて、ハッとした。それが脇差《わきざし》のように見えたからだ。

（はてな。そんなはずはない）

と、凝視《ぎようし》したが、どう見ても、脇差にちがいない。

人々は息をのんだ。彼等も自分らの横暴に他の武士らが平らかでない気持でいることを知っている。油断はならないと思った。

割れかえる喧騒《けんそう》が一瞬の間にこおりついたようにしずまったのに、慶次郎は知らぬ顔

に、一番奥に壁に背をもたせかけ、大あぐらかいて、目をつぶった。

「ナムアミダブツ、ナムアミダブツ、ナムアミダブツ……ああ、いい風呂じゃ」

つぶやきはこう聞こえた。

念仏は坊主あたまにはいかにもふさわしいが、腰の脇差はなんともいえず無気味だ。

しかし、間もなく、人々はわれにかえった。これしきのことに黙りこんでは、恐れているようで、武士の誇りがゆるさん、たかの知れたる坊主武士、なにほどのことがあろうと、またワンワンガンガンと談論爆笑《ばくしょう》しはじめた。

とたんに慶次郎が、

「むーッ」

とうなった。

ぎょっとして見ると、脇差のつかに手をかけ、片膝を立て、

「むーッ、むーッ、むーッ……」

とつづけざまにうなりながら、カッと目を見ひらき、今にもすッぱぬかんばかりの態勢になっている。

人々はおどろきながらも、

(なにをッ！　斬ってかかって来たら、この手桶でふせいで、刀をうちおとし、目にもの見せてくれる！)

と、皆それぞれに手桶のふちをつかんで様子をうかがっていたが、うなりがいつまで

もつづくと、もうたまり切れなくなった。

一人一人、じりじりと風呂場を這い出し、やっとのことでざくろ口まで退ると、飛鳥《ひちょう》のように外へ飛び出した。

もちろん、そのまま逃げるつもりはない。逃げてはあとでなかまの非難の的になり、武士まじわりが出来なくなる。

それぞれに脱衣場から脇差をとって腰にうちこんで、風呂場にかえって来た。

もとの席にかえるのが大苦労だ。坊主めがいつ斬りかかって来るかわからないから、用心に用心を重ね、いつでも応戦の出来るように身がまえながら、ジリ、ジリ、ジリ、と這い上がって席にかえる。

慶次郎は知らん顔だ。壁に背をもたせ、両眼をとじ、以前の気楽な姿にかえって、つぶやきつづけている。

「ナムアミダブツ、ナムアミダブツ、ナムアミダブツ……」

しばらくの後、また慶次郎がうなり出した。

「むーッ、むーッ、むーッ……」

脇差のつかに手をかけ、両眼をかっと見ひらいて、あたりをにらみまわしている様子。

一同ははっとして、脇差のつかに手をかけて身がまえた。

すると、慶次郎はまた気楽な姿勢にかえって、

「ナムアミダブツ、ナムアミダブツ……」

数回こんなことをくりかえした後、慶次郎は左右の手で自分の胸を撫で、股《もも》のあたりをつまんで見て、

「もういいな。ようむれたわ」

と、のどかにひとりごとしたかと思うと、スラリと脇差をぬき、すかりすかりと股のあたりを撫ではじめた。

「ほ、よう落ちるわ。やれ気持よや」

脇差の一撫でごとに、かき出される垢《あか》がぽろりぽろりとこぼれ落ちるのであった。

脇差の中身は垢かき用の竹べらであった。

こうなると、青くなり、赤くなり、汗をかいて昂奮《こうふん》し、脇差まで持ちこんで来て力んだ武士らはなんともきまりが悪くてならない。こそこそと立ち去り、入れちがいに、上杉家の武士らが入って来た。

「ようお出で、さあ、あいている、あいている。お入りなされ、お入りなされ」

四

上杉家の大はばの削封《さくほう》で、家臣らの身代もまた大はばにへらされねばならなかった。直江山城守が三十二万石から六万石、甘糟備後が二万石から五千石、杉原常陸介が五万石から三千石、といった具合だ。新規召し抱えの武士らは皆暇を出された。しかし、これらの大方は武勇の名が天下にひびいている連中であるから、皆相当な高禄で方々の大

名へ召し抱えられた。

「松原彦左衛門物語覚書《おぼえがき》条々」によると、慶次郎も暇を申し渡されたし、酢川口の働きが天下に喧伝されているので、方々の大名から高禄を以て招かれたが、皆ことわって、

「おれはこんどの戦《いく》さで、諸大名を見かぎった。石田が負けたと同時に、皆降参し、追《つい》従《しょう》軽薄、見苦しいことであるわ。さてさて、男は一人もなし、景勝ばかりが気に入った。終始かわらず、男を張り通しての手強《てごわ》い抵抗、あっぱれな男じゃ。おれが主と頼むはこの人より外にない。禄などいくらでも結構、このまま当家においていただく」

といって、五百石もらって、米沢へうつり、田舎住いして、弾正定高《さだたか》の代になくなったとある。

また、同書に、

「前田慶次郎は詩歌に巧みなり。紹巴の弟子にて連歌《れんが》をよくす。上杉家にても、おりおり源氏物語の講釈しけるが、中々聞きごとなりし」

とある。

解説

磯貝勝太郎

戦国時代から江戸時代の初期にかけて、英雄、豪傑が雲の湧き出るように輩出した。英雄で快男子の代表は豊臣秀吉だが、豪傑で快男子の典型的な人物は、前田慶次郎利太《とします》だ。慶次郎は武芸、文学、茶の湯、その他の芸に通じており、当時としては一流の風流人だったが、途方もない、いたずら者で、世を屁《へ》とも思わず、生涯を奔放不羈《ほんぽうふき》、自由闊《かっ》達《たつ》に送った。彼の素姓については三説ある。本書『戦国風流武士』に書かれているように、加賀百二十万石の祖である前田利家の兄の蔵人利久の子であったという説、あるいは、滝川儀太夫の妻が滝川の胤《たね》をはらんで離別したのち、利久に再縁して生んだという説、あるいは、子のなかった利久が滝川儀太夫の子をもらって養子にしたという説などである。

戦国第一の快男子、前田慶次郎が捲《ま》きおこした数々の逸話は、『戦国風流武士 前田慶次郎』のなかで紹介されているが、慶次郎の生い立ち、その他についてふれた、信じるにたる史料はきわめて少ない。ことに慶次郎と叔父の前田利家の間の不和の原因といわれている前田家の相続問題に関する残存史料が少ないので、従来、二人の間柄は誤解されてきた。『寛政重修諸家譜』や『藩翰譜』には、織田信長の命によって、利家が利久から家督をゆずられたと記されているので、兄弟の間で相続があったにちがいないのだが、『石山軍記』において「元来、前田家の総領に生まれた自分をさしおいて、叔父の利家に家を相続せしめた信長公の仕打ちが拙者は気に入らない」と、慶次郎が言ったことになっているという記述はあてにはならない。『戦国風流武士』の作者、海音寺潮五郎が「山王の神」三のなかで、

「慶次郎が叔父へのうらみを捨てたのは父より早かった。幼い間こそ父母の言うことを鵜のみにして、叔父を横領者としてうらんでいたが、やや成長すると、こうした父母のうらみが合点の行かないものになった。父母の言いぶんでは、叔父の立身は家督をついだために得られたのだというように聞かれるが、慶次郎のかしこさは、叔父は叔父の力量と身にそなわった運のよさであの栄達をしたので、前田の家督の有無など関係ないと思わざるを得ないのであった。だから、父が旧怨を忘れて叔父に身を寄せる気になったのを、彼は大いに祝福したのである。」と、書いているのは、きわめて妥当《だとう》な解釈だとおもわれる。

快男子の慶次郎の性行から見ても、彼が叔父へのうらみ、つらみを、いつまでも根に持っていたとは到底、おもえない。したがって、慶次郎が小田原で秀吉に会ったとき、昔のことを根に持つでないぞと言わんばかりの秀吉のことばが、彼にとっては心外だったのである。利家が加賀の太守となったころ、慶次郎は利家の許に帰って、しばらく利

家の禄を食んでいたが、生来の性質はいっこうに改まらないで、世を茶かして変なことばかりする。利家という人物は律儀な性格だったので、甥の性行が心配でならない。おりにふれてお説教をする。天性の自由奔放の性質からそれには耐えられないので、ついに利家の許を飛び出してやろうと決意した。だが、ただ出奔《しゅっぽん》したのでは面白くない。何か奇抜なことをして飛び出そうと工夫をこらしたのち、一策を案じつくと利家の前に出て言った。

「かねて色々と御教訓にあずかりましたことについて、このほど、やっと合点がまいりました。なるほど、これまではご心配ばかりおかけしていました。申訳ございません。つきましては、改心の記念に茶の湯をいたしたく存じます。明朝、拙宅までお出で下さいましょうか」

利家はよろこんでそれに応じることにした。翌早朝、利家は、慶次郎に案内された湯殿で冷水を浴びせられる結果になるのだが、『戦国風流武士』では、寒中に水風呂にたたきこまれるにいたるまでの経緯《いきさつ》に作者による趣向がこらされている。小田原の陣中でのやつしくらべ（仮装会）において、猿まわしに扮《ふん》した慶次郎は秀吉の面前で猿を舞わせて痛烈な皮肉ぶりを発揮した。快男子同士の対決である。慶次郎の猿まわしの有様を一見した秀吉は、怒り心頭に発したのだが、激怒をぐっと押えて大笑いを演じて、その場をとりつくろった。さすがは戦国第一の英雄の快男子だ。律儀な利家は、「殿下が度量の広い性格なので、笑いごとですませたが、あたりまえなら、そち一人ですむことではない。一族はもとよりのこと、家臣共にまで迷惑のかかることだ。その方のようなやつは、なにをしでかすかわからぬ。国許へ帰って慎みおれい」と、慶次郎に言い渡して、彼を小田原から帰国させてしまう。読書好みの慶次郎は、加賀で謹慎蟄居《きんしんちっきょ》させられた機会を利用して、『源氏物語』や『伊勢物語』の研究にはげむ。謹慎蟄居の境遇におかれた慶次郎が国文学の研究にはげんだというのはおかしくない。彼は豪傑にはめずらしく、相当の学問のあった人物だからだ。

戦国時代の豪傑で学問のあった人物は、前田慶次郎と塙《ばん》団右衛門ぐらいのものだ。学問どころか文字を全然知らない豪傑や武士が実に多かった。その好例は立花宗茂《たちばなむねしげ》の名家老だった小野和泉《いずみ》である。朝鮮役の時、他から来た手紙を人の前で読みかねて、大変恥かしい思いをしたので、帰国後、女房に頼んで、「いろは」を書いてもらい、やっと仮名文字だけ覚えたという。戦場では功名手柄数かぎりなく、立花家の家老、小野和泉といえば、天下誰知らぬ者がなかったほどの人物が、字を知らなかったのだから、慶次郎の学問と文学的天稟《てんぴん》は相当なものだったと言わなければならない。

加賀での謹慎蟄居中、天才芸術家として有名な本阿弥光悦《ほんあみこうえつ》と風雅談を共にたのしんだ慶次郎が、光悦や利家らのたくらみによって、家老の村井又兵衛の娘お篠と結婚させられる羽目に陥りそうになる経緯や、ことに、お篠に恋心を抱いた慶次郎が、恋慕《れんぼ》の情をあらゆる国文学の典籍《てんせき》全部に照らし合せて、一人で恋談義をするくだりは興趣深い。お篠との婚礼の日取りも決まったのち、鷹の生け捕りの一件から、利家らのたくらみと知った慶次郎は、妻帯の報謝の意を表わしたいといつわって、利家を茶席にさそい、冷水を浴びせる設定になっている。

「慶次郎は深山の鷹、網を破って九天の上に翔《かけ》り去ります。御乗馬をいただいて行きますが、これはしばらく腹黒い策略にだまされていた、だまされ代と思し召していただきましょう」

と、駿馬《しゅんめ》の松風にまたがって、捨てぜりふを残して駆《か》け去ってゆく慶次郎には、まさに快男子ならではの痛快淋漓《つうかいりんり》、意気颯爽《いきさっそう》たるものがある。利家に冷水を浴びせた慶次郎が、利家自慢の愛馬の松風を盗んで逃げ去ったかどうかは定かではないのだが、物語としては松風を盗んで逃亡したという設定の方が面白い。

本阿弥光悦がらみのたくらみも興味をそそられるが、蒲生氏郷《がもううじさと》寵愛《ちょうあい》の小姓、名古屋山三郎（後にお国と共にお国歌舞伎の役者として有名になった人物）や大盗賊の石川五右衛門と慶次郎との関連も作品に彩《いろど》りをそえている。とくに石川五右衛門との関係が巧みに描かれている。五右衛門という人物については、その当時の古い書物には、秀吉の伏見城に大名のごとき服装をして忍び込んで、大名たちの刀置場に行き、自分の差している粗悪な刀とひきかえに良刀を持ち出すという泥棒働きをしたこと、秀吉が前田玄以（後の五奉行の一人）に命じて五右衛門らの徒党を逮捕させ、京の三条河原で、彼を釜煮《かまゆで》の刑に処したということ、この二つのことしか書かれていない。「戦国風流武士」では、名古屋山三郎の敵討に加勢した慶次郎を助けたことをきっかけとして、五右衛門が慶次郎と再会したのち、親交を重ねる顛末《てんまつ》が描かれている。秀吉の外征計画を諫《いさ》めるべく、光悦を介して秀吉に拝謁《はいえつ》を願い出た慶次郎ではあったが、お篠の件で弱味を秀吉ににぎられているものの再度、願い出ようとすると、そのことを察知した五右衛門は、そんなことをしても無駄な骨折りだと忠告し、自分は秀吉を殺すつもりだと打ち明ける。この恐るべき企てに対して、慶次郎は同意できなかったが、馬関海峡での秀吉の御座船難破事件や伏見城の秀吉の寝所近くで起った事件などには、読者の意表をつくような、からくりが仕組まれており、陰湿なからくりの薄ぎたなさが、意気颯爽として生きる快男子、慶次郎を、いきどおろしく、しかも、憂鬱《ゆううつ》にさせるのであった。

関ケ原の戦いの後、会津の上杉家の身代が四分の一に減らされた際、慶次郎は、他家からの高禄をもって召しかかえようという多くの招きをことわり、

「こんどの戦さで諸大名の心を見限った。男は景勝一人だ。おれの主人はこの人以外にはいない。当家に置いてもらうのだ」

といって、五百石の薄禄を以て依然として上杉家に仕え、穀蔵院忽々斎《こくぞういんひよつとさい》と称し、頭を丸めたまま世を終ったという。慶次郎が男として惚れ込んだ上杉景勝は、凜乎《りんこ》たる男性的意気の人物であった。この景勝が最も信頼していた直江山城守兼続《かねつぐ》も快男子の一人だった。家中の者が家来を手討ちにした際、無理な手討ちだったので、その一族の者共がその件について直江に訴えてごたついた。そのとき、訴えた一族の者たちを斬首し、快《かい》刀乱麻《とうらんま》を断つ気魄《きはく》を示した直江のエピソードは、『戦国風流武士』のなかで紹介されて

いる。この作品には、戦国の豪傑で快男子の慶次郎の生きざまが、作者の悠揚迫《ゆうようせま》らぬ筆致で描かれており、作者自身が、快男子としての性格の一面をもっていたので、慶次郎の生きかたに意気投合しながら執筆している様子が、ありありと思い浮かんでくる。

海音寺潮五郎は鹿児島の生んだ偉大な作家だ。海音寺は大正二年、生まれ故郷の大口尋常高等小学校を卒業後、加治木中学校（現在の鹿児島県立加治木高校）に入学した。加治木は鹿児島の六里ほど北にある島津義弘の城下町だけに、薩摩隼人の気風が著しい土地柄であった。海音寺が入学したころの加治木中学校には、まだ武士の気節を重んずる気風が残っているので、入学当初はこわかったという。士族の子弟が多く学ぶ加治木中学校には、桐野利秋、逸見十郎太タイプの快男子が大勢いたので、海音寺は彼らの爽快さに胸を洗われることがしばしばあり、次第にその厳格な校風になじんでいった。

桐野利秋タイプの快男子といえば、薩摩隼人の典型的な人物だ。桐野利秋は、戦国時代の前田慶次郎や塙団右衛門が学問と文学的天稟があったのにくらべると、天性の雄弁家であったが、少年時代貧困のため学問が出来なかったため、後に維新志士となったころ、「尊藩《そんぱん》」と「弊藩《へいはん》」の区別がわからず、自藩のことを「尊藩」といい、相手の藩のことを「御弊藩《おんへいはん》」といって、雄弁滔々《ゆうべんとうとう》と論じ立てるので、人々は目を白黒して驚き、このことを注意しても、恥かしがらないで、呵々として大笑して、少しも悪びれる色がなかった。そして、「おいに日本外史が読めれば天下を取っとる」と、言っていたという。そのように無学な彼が、会津が降伏して城受取りとなったとき、「ぜひ、おいどんを受城使にしてもらいたい」と、所望した。城受取りには軍学上のむずかしい方式がある。無学な彼を知っている官軍の連中は、皆危ぶんだが、彼が言い張るので、いたし方なく、その役に任じたところ、城方の者にたいするあいさつから検分の法にいたるまで、すべて整々と方式にかなって、実に見事な受城使ぶりを示した。人々は感嘆して、桐野を見る目を新たにして、どこでそんな修業を積んだかと問うたところ、桐野は、カラカラと笑って、

「江戸開城以後、退屈まぎれに、毎日、愛宕下の寄席に講釈を聞きに行っていもしたが、ある日、忠臣蔵ン赤穂城の明け渡しの話がごわしてな。そいつを覚えとったんで、そン通りにやいもした」と、うちあけたので、人々はその度胸のよさと機転とに感心したという。これらのエピソードは、海音寺潮五郎の歴史随想「物語武勇伝」に記載されており、桐野利秋が天性の快男子で、明朗、颯爽とした人物であったことを物語っている。

海音寺潮五郎は、薩摩隼人の精髄《せいずい》ともいうべき桐野や逸見タイプの快男子がいる加治木中学校で学んだので、海音寺の生涯の性格の芯《しん》は加治木中学校で形成され、後年の海音寺文学に大きな影響を与える結果となった。筆者は二度、加治木高校を訪れた。現在では、桐野や逸見タイプの生徒はいないようだと感じて、いささか残念におもったが、校門を入った左手の一角に建っている海音寺潮五郎の文学碑を見て、海音寺の人となりについての感懐を改めて抱いたことを思い出す。

その石碑には、

「私の人間美学はここで形成された。当時の校風が、男はいかにあるべきかを私に教えた。私はこの美学に従って生き、この美学を文学化しつづけて、今年七十四という歳になった」と、記されている。

この文学碑の文章を読むたびに、快男子としての性格の一面をもつ海音寺と彼の文学の要諦《ようてい》を端的に表わしていることを痛感させられる。海音寺の文学の特色は、「男はいかにあるべきか」という男性美学の文学化である。したがって、よろずに男らしくふるまうという美意識に支えられた武士の生きざまを描いた作品が多い。男らしくふるまうという美意識は、男の意地を貫き、おのれを、潔《いさぎよ》くすること、つまり、颯爽たる男性的気概《きがい》を最上とする態度のことである。今のことばでいえば、「カッコよい」ということと相通《あいつう》ずる美意識であった。それは戦国時代から江戸時代初期にかけて、武士たちの行動規律となったので、豪邁《ごうまい》、剛直《ごうちょく》で、快男子という颯爽たる武士を輩出した。海音寺の生まれ育った薩摩（鹿児島）には、この美意識が発達して、武士道というモラルが形成された後も、男らしくふるまうという戦国の武者気質（男道）が長い間、残されてきた。その感化を強く受けた海音寺潮五郎にとって、そのような美意識は、自己の生きかた、文学を支える基調となったのである。

（文芸評論家）

本書は一九九〇年六月に刊行された富士見書房文庫版を元にしています。

《編集部より》
本書には、差別的表現あるいは差別的表現ととられかねない箇所が含まれていますが、歴史的時代を舞台としていること、作品全体として差別を助長するようなものではないことなどに鑑《かんが》み、また著者が故人である点も考慮し、原文のままとしました。

文春文庫

戦国風流武士《せんごくふうりゅうぶし》　前田慶次郎《まえだけいじろう》

定価はカバーに
表示してあります

2003年8月10日　第1刷
2003年11月10日　第3刷

著　者　海音寺潮五郎《かいおんじちようごろう》
発行者　白川浩司
発行所　株式会社 文藝春秋
東京都千代田区紀尾井町 3-23　〒102-8008
TEL 03・3265・1211
文藝春秋ホームページ　http://www.bunshun.co.jp
文春ウェブ文庫　http://www.bunshunplaza.com

落丁、乱丁本は、お手数ですが小社営業部宛お送り下さい。送料小社負担でお取替致します。

印刷・凸版印刷　製本・加藤製本

Printed in Japan
ISBN4-16-713542-6

文春文庫　最新刊

氷雪の殺人　内田康夫
利尻島での変死事件。謎のメッセージとCDを託された浅見光彦は巨大な〝謀略〟に挑む

水の中のふたつの月　乃南アサ
偶然再会した仲良し三人組。過去の記憶が蘇る時、暗い秘密と、心の奥の醜い姿が現れる

花を捨てる女　夏樹静子
女は毎日新鮮な花を買っては捨て、墓参を欠かさなかった。その訳は？　六本の傑作短篇

斜影はるかな国　逢坂　剛
スペイン内戦中、日本人義勇兵がいたことを知り、取材する記者が巻き込まれる歴史の謎

螺《ら》旋《せん》階段のアリス　加納朋子
早期退職後、探偵事務所を開業した仁木と美少女安梨沙。人々の心模様を描く七つの物語

鬼火の町〈新装版〉　松本清張
大川に浮かぶ無人の釣舟と二人の水死体。川底にあった豪華な女物の煙管は謎を解く鍵か

黄《き》金《ん》色《いろ》の祈り　西澤保彦
廃校の天井裏から白骨死体となって発見された天才ミュージシャンとアルトサックスの怪

輪（RINKAI）廻　明野照葉
第七回松本清張賞受賞作。新宿、大久保、新潟、茨城を点と線で結ぶ怨念と復讐の物語！

なんたって「ショージ君」　東海林さだお入門　東海林さだお
初恋から漫画家修業まで知られざるショージ君の素顔に迫る。ショージ君誕生のすべて!?

いつもひとりで　阿川佐和子
エステ、ジャズ、旅行に食事。相変わらずパワフルに日々を送るアガワの大人気エッセイ

新世代ビジネス、知っておきたい60ぐらいの心得　成毛　眞
マイクロソフト日本法人元社長の新世代ビジネス論。外資系での体験とe時代のビジョン

葭《よし》の髄《ずい》から　阿川弘之
日の丸の話、土下座考など、時に厳しく時にホロリと、ユーモア忘れずに、日本に物申す

世界悪女物語　澁澤龍彦
史上名高い十三人の悪女たちの、すさまじくも劇的な生涯を描いた人物エッセイの傑作！

知と熱　日本ラグビーの変革者・大西鐵之祐　藤島　大
ナンバーが選ぶスポーツ・ノンフィクション第一位！　日本を代表するラグビー界の巨星

その意味は　考えるヒット4　近田春夫
テリー伊藤に「音楽は戦いながら読むことだと教えてくれた」と言わせたシリーズ第四弾

鬼平犯科帳人情咄　私と「長谷川平蔵」の30年　高瀬昌弘
長年「鬼平犯科帳」を撮影した監督が綴る撮影秘話。白鸚から吉右衛門のエピソード満載

ラリパッパ・レストラン　ニコラス・ブリンコウ　玉木　亨訳
暗黒街から盗んだ金で開店したレストランを舞台に、ロンドンは銃撃と狂騒の渦と化した

前日島　上下　ウンベルト・エーコ　藤村昌昭訳
一六四三年、南太平洋で難破漂流したロベルトがたどり着いたのは美しい島の入江だった